Franz Harbeke

Von der Weser zum Yukon

AF186576

Was man sonst auf der ganzen Welt nicht findet, auf dem Yukon oder Mackenzie ist das Big Event garantiert.

Franz Harbeke

Von der Weser zum Yukon

Flussfahrten in Alaska und Kanada

Bibliografische Information der Deutschen Bibliothek:
Die Deutsche Bibliothek verzeichnet diese Produktion
In der Deutschen Nationalbibliografie; detaillierte
bibliografische Daten sind im Internet über dnb.d-nb.de
abrufbar.

Überarbeite Auflage 2020
Alter Titel Blackwater
© Franz Harbeke Autor
Herstellung und Verlag:
BoD - Books on Demand
D-22848 Norderstedt
ISBN 9783750441026

Vorwort

Was sollte man dagegen haben, auf den Flüssen in Deutschland oder Mitteleuropa zu fahren? Schön sind sie alle, wenn man die richtige Jahreszeit wählt und noch dazu eine Schönwetterperiode erwischt.

Im Frühjahr und im Herbst gibt es auch hierzulande weite einsame Strecken. Der schönste Fluss ist sowieso immer der, den man gerade befahren hat, und schließlich sind Elbe, Rhein, Allier und Loire auch – noch – frei fließende Flüsse.

Was soll man dagegen haben, wenn man will, von Kanuklub zu Kanuklub oder von Zeltplatz zu Zeltplatz zu fahren, wo man nach den Anstrengungen des Tages duschen und essen kann? Und wie schön ist ein gemeinsamer Abend mit anderen Wasserfahrern, die bei einem kühlen Bier, frohgestimmt und heiter, die verrücktesten Erlebnisse schildern, dass man aus dem Staunen nicht mehr herauskommt.

Wie schön ist es, wenn man im taufrischen Morgen durch eine Stadt treibt und den zur Arbeit hetzenden Menschen nachsehen kann.

Auf all diese Erlebnisse möchte man nicht verzichten. Ich konnte noch nicht laufen oder schwimmen und saß schon bei meinem Vater im Boot und mein Sohn wieder bei mir.

Wir lernten die Welt aus einem anderen Blickwinkel kennen und Gefahren aus dem Weg zu gehen. Sich und das Boot heil durchzubringen, ist die Kunst des Wasserfahrens, denn was nützt einem eine Eskimorolle mit vollgepacktem Boot? Mit dem Kopf nach unten wird er weiterfahren und jämmerlich ertrinken, wenn er nicht schnell genug herauskommt.

Wildwasserfahren und Wasserwandern sind zweierlei Dinge! Leute, die nur Gaudi und Spektakel haben wollen, sollen Achterbahn fahren, oder, wenn es unbedingt was mit Wasser zu tun haben soll, Rafting, wie es heute heißt, aber uns in Ruhe lassen.

Kraft und Ausdauer, Geduld und Umsicht sind bei uns gefragt und natürlich eine gehörige Portion Liebe zur Natur und zu den Menschen, die man trifft – ohne das geht es wirklich nicht.

Die vorbeijagenden Motorboote, die Wasserskistrecken, der aufdringliche Lärm an den Wochenenden, die „Abenteurer" der Wohnmobile, die immer öfter an den Ufern zu sehen sind und ihren Dreck hinterlassen, erwecken dann die kanadischen Träume, und wir hatten die feste Absicht, diese Träume mit Leben zu erfüllen.

* * *

Der Autor

Franz Harbeke, Bremen, geb. 1936 in Neuruppin, aufgewach-
sen im Havelland, stellt hiermit sein Buch „Von der Weser
zum Yukon – Flussfahrten in Alaska und Kanada" vor. Der
Autor lebt in Bremen.

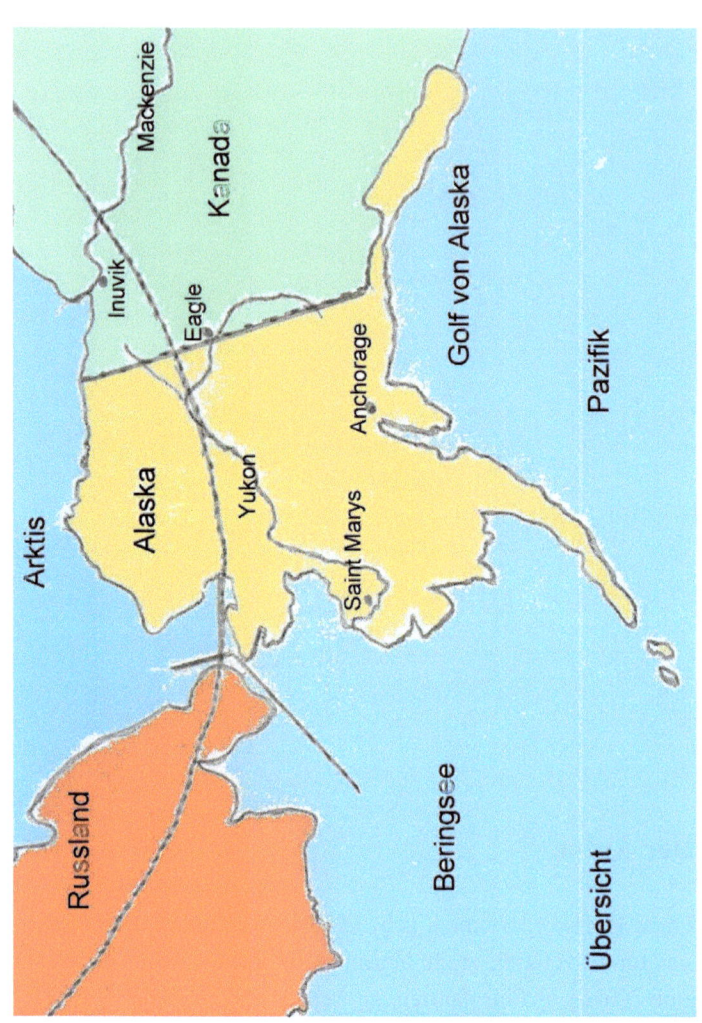

Übersicht

Inhalt

El Dorado
Gold, Gold, Gold

Eine Idee wird geboren – auf zum Yukon!

Im dicken Morgendunst der Weser saßen wir fest. Deutlich war das Rauschen einer nahegelegenen Autostraße zu hören, als wir davon träumten, einmal dort zu sein, wo man glaubt, ganz allein auf der Welt zu sein, ohne Autos, Hochspannungsleitungen, Fabrikschornsteine und sonstige Begleiterscheinungen der Zivilisation.

Unser Ziel war der Yukon, und der Ausgangspunkt sollte Dawson City sein. Dort, wo die meisten ihre Tour aus guten Gründen beenden, wollten wir mit unserer Unerfahrenheit für die Weite des Landes den Fluss bis ins Delta befahren. Ganze zehn Wochen angesparten Urlaub standen uns hierfür zur Verfügung. Eine schöne, lange Zeit, aber würde sie ausreichen?

Eine solche Fahrt braucht natürlich eine gründliche Vorbereitung. Vom Zeitplan bishin zur Ausrüstung. Ganz unerfahren waren wir ja nicht, aber es war bereits Oktober und im Juni sollte es schon losgehen. Es ist nie verkehrt, die Flüge lange im Voraus zu buchen. Wir taten das bereits im Januar. Da es damals noch keine Direktverbindung Frankfurt - Whitehorse gab, entschlossen wir uns für die Strecke Bremen - Amsterdam - Minneapolis - Vancouver - Whitehorse - Dawson.

Es mag etwas umständlich erscheinen - es war aber das billigste Angebot, und wer einmal über London geflogen ist, der fliegt lieber über China oder Japan, was uns mehrfach glaubhaft versichert wurde und wir auch einmal selbst erfahren mussten.

Die ganze Fliegerei ist eine Quälerei und man kann dies nur unter dem Motto ertragen: „Der Weg ist das Ziel!" Modische

Ansprüche und die vielfältigen Angebote moderner, teurer Kleidung vergisst man am besten. Handfeste Kleidung ist gefragt. Eine feste, nicht dicht anliegende Hose mit tiefen Taschen ist zweckmäßig. Zweimal schnelltrocknende Unterwäsche. Eine Garnitur hat man an, eine wird gewaschen und getrocknet. Pullover, Socken, Gummistiefel, Handschuhe, Moskitonetz. Mütze nicht vergessen und das Wichtigste ist die Regenkleidung. Eine gute, feste, dichte, preiswerte Regenkleidung bekommt man immer noch am besten bei einem Laden für Berufs- und Schutzbekleidung! Schreibzeug, Handtuch, Kulturtasche mit den wichtigsten Dingen. Es folgt ein gutes Zelt, am besten für jeden eins, Schlafsack, Unterlage, Nachtzeug – es ist schon angenehm, nachts etwas anderes anzuziehen. Weiter geht es mit Kocher, Kochgeschirr, Pfanne. Am praktischsten ist ein Benzinkocher, weil Benzin fast überall erhältlich ist. Ein gutes Messer, Essbesteck, Axt, Spaten und Toilettenpapier sind wichtig, mal abgesehen von etwas Verbandszeug und natürlich für jeden zwei wasserdichte Packsäcke. Wassersack und Angel, Kartenmaterial für den gesamten Flussverlauf, Fernglas, Foto und Kompass. Man sieht, es kommt eine ganze Menge zusammen. Auch wenn es noch so spartanisch aussehen mag, man überlegt, was man einsparen kann, wenn man alles schleppen muss.

Die Verpflegung wird am Ausgangspunkt besorgt. Gebunkert wird für mindestens vierzehn Tage, dann wird sich wohl wieder eine Einkaufsmöglichkeit ergeben. Der Verpflegungssack ist somit das Schwerste an Bord und die Grundnahrungsmittel sind Corned Beef, Nudeln, Brot, Fertigsuppen, Haferflocken, Milchpulver, Kaffee, Tee. Kekse für zwischendurch, und eine Flasche Speiseöl ist immer gut. Aber das muss sich jeder selbst zusammenstellen. Erfahrungen hierfür sind schnell gemacht.

Mehrfach hatten wir uns erkundigt und immer wieder die Auskunft erhalten, nein, ein Visa brauchen Sie für die Einreise nach den USA nicht, und dann standen wir unausgeschlafen auf dem Bremer Flughafen, weil man ja in der Nacht vor der Abreise nichts Besseres zu tun hat, als in Gedanken immer und immer wieder die Gepäckstücke auf ihre Vollständigkeit hin zu überprüfen.

Die Angestellte der Fluglinie sagte: „Huch, Sie haben ja gar kein Einreisevisa" „Brauchen wir nicht" „Doch brauchen Sie, denn Sie reisen ja aus Kanada ein und nicht aus Deutschland, und ihre Boote können wir jetzt auch nicht mitnehmen, das Flugzeug ist bereits ausgelastet. Wir schicken sie nach."

Das wollten wir wieder nicht, denn welcher Wasserfahrer trennt sich von seinem Boot? Da ließen wir sie lieber in Bremen. Flinte und Munition hingegen wurden akzeptiert.

So machten wir uns verunsichert und ohne Boote auf, den Weg in die Wildnis zu beschreiten.

„What's the purpose of your visit?" (Was ist der Zweck ihres Besuches?), fragte der Zöllner in Vancouver, und als wir ihm unser Vorhaben erläuterten, wäre er am liebsten mitgekommen. Keinen Packsack brauchten wir zu öffnen und die deklarierte Flinte erweckte auch keinen Anstoß.

Etwas Schriftliches hierüber hätten wir schon gern gehabt, aber er zog die Zollerklärung ein und sagte bestimmt: „Wenn ich sage okay, dann ist es okay", und ich antwortete: „Okay" und konnte zum ersten Mal fast meinen ganzen englischen Wortschatz anbringen.

Der Taxifahrer war ein Deutscher und im Hotel an der Rezeption sprach man natürlich auch Deutsch, und als sie merkten, dass wir kein Ehepaar waren, bekamen wir ein anderes Zimmer mit getrennten Betten, was wirklich nicht nötig war, aber sie bestanden darauf. „Wenn schon Kanada, dann ein Kanada mit gutem Eindruck", sagten sie höflich.

Whitehorse war dann die nächste Zwischenstation, und wir brannten darauf, den Yukon kennen zu lernen. Es war bei uns eine alte Tradition, einen neuen Fluss erst einmal zu begrüßen, mit ihm Kontakt aufzunehmen, sich gegenseitig vorzustellen. Er war auf Anhieb sympathisch, seine Ufer fest, das Wasser hier noch klar und schnell fließend. Die in der Mitte liegenden Kies- und Sandbänke waren zum Teil bewachsen. Gut verstehen würden wir uns – ganz bestimmt!

Bei der Kanustation orderten wir unbesehen ein gebrauchtes Kanu, welches uns in Dawson ausgehändigt werden sollte. Unsere Verhandlungsposition war denkbar schlecht. Sie hatten uns in der Hand, aber wir drückten trotzdem den unverschämten Preis von 1.300 auf 1.000 Dollar und hatten eine wichtige Hürde genommen.

Mit riesigen Gepäckstücken, die dann gestapelt mitten in der Maschine lagen, wurde die alte, zweimotorige Dakota beladen. Mit eine Indianerfamilie, vier Touristen und uns war die Maschine voll besetzt. Man merkte es der freundlichen und wirklich netten Stewardess an, wie sie nach deutschen Worten suchte, als sie erkannte, woher wir kamen. Man konnte sich in der Maschine frei bewegen und die Piloten in der Kanzel besuchen, oder aus dem Gepäckhaufen Benötigtes heraussuchen. Wo gibt es das noch? Die Luft war klar, und deutlich waren die Windungen des Flusses zu erkennen.

Die Maschine landete, und wir gingen zum kleinen Holzhaus am Ende der Landebahn, wohin auch unser Gepäck gebracht

-Gepäck, Passagiere und eine nette Stewardess-

wurde. Die Indianerfamilie wurde abgeholt, auch die Touristen entschwanden schnell, und so standen wir mit unserem Gepäck vor der Tür und kamen uns etwas verloren vor, denn Dawson war noch zwölf Meilen entfernt und ein Fußmarsch mit dem Gepäck dorthin sowieso nicht möglich.

Dann klapperte ein landestypisches Fahrzeug mit offener Ladefläche heran. Ein ziemlich rundlicher Indianer rutschte aus dem Führerhaus, lud einige Kisten auf, betrachtete uns von oben nach unten, winkte uns zu und schon waren wir unterwegs. Er fuhr nicht gleich nach Dawson, sondern zuckelte stundenlang durchs wildeste Gelände am Klondike entlang, um uns dann seine Goldmine, seinen „Gold Claim" vorzustellen.

Die Goldgewinnung war seine Lebensgrundlage, und geschickt wollte er uns das Nachbarfeld, welches seinem verstorbenen deutschen Freund gehört hatte, schmackhaft machen, und auch sein Haus, das nun leer stehe, könnten wir übernehmen. Es mussten gute Freunde gewesen sein, und er wollte wohl wieder eine verlässliche Freundschaft aufbauen. Jetzt verstanden wir seine Offenheit. In Dawson zeigte er uns sein Haus und natürlich auch das Leerstehende seines Freundes. Vorgewaschenen Kies hatte er hierher geschafft, um ihn letztmalig durchzuwaschen. Er zeigte uns die Handhabung der Waschpfanne und die größten Nuggets, die er gefunden hatte. Schenkte uns geräucherten Lachs und ein altes Nummernschild seines Wagens. Dann fuhr er mit uns zur Fähre am Fluss, wo man kostenlos übersetzen konnte, winkte uns noch einmal zu, um dabei auf das leerstehende Haus zu deuten – ziemlich verlegen waren wir. Weiß Gott, ein paar Jahre jünger und ledig, ich wäre kleben geblieben. Am Ufer wusch sich jemand den Kopf. So werden wir es wohl ab jetzt auch machen müssen, und nicht nur den Kopf, dachte ich.

-Der letzte Waschgang-

Am Hang gegenüber lag die von einem Österreicher betriebene Kanustation. Mehrere saubere Blockhäuser, eine überdachte Feuerstelle und eine aus einer Quelle abgeleitete Dusche, wo man sich eiskalt „erfrischen" konnte, waren vorhanden. Eine Paddelgruppe aus Dortmund, die hier ihre vierwöchige Tour beendete, fragte uns Löcher in den Bauch und wollte unbedingt die letzten Fußballergebnisse und den Tabellenstand der Bundesliga wissen. Die drei Japaner, die hier zelteten, sprachen nicht miteinander, waren total vergrätzt, weil einer sich das Handgelenk verstaucht hatte und nun pausiert werden musste, was wohl einer nationalen Katastrophe gleichkam.

Am nächsten Tag holten wir unser Kanu und schoben es auf dem mitgebrachten Bootswagen durch die alte Goldgräberstadt zur Fähre, weil am anderen Ufer unsere Packsäcke mit dem bereits gebunkerten Proviant standen, und die waren auf diesem Wege wegen der starken Strömung am sichersten zu erreichen. Aber was für Bemerkungen mussten wir uns anhören, alle mit Augenzwinkern und mit unverschämtem, liebevollem Grinsen ausgesprochen: „So kann man es auch machen. Eigentlich ist das Ding fürs Wasser gedacht." Überhaupt die Menschen: Ruhig, kraftvoll, freundlich und „geschäftstüchtig"! Wie waren wir stolz, ein richtiges, festes Kanu zu besitzen, über zwanzig feet (ein Fuß gleich 0,3048 Meter) lang und mit ordentlicher Breite, sodass unser Gepäck darin mühelos verschwand, anders als beim Einer-Kajak mit begrenzten Stauraum, wo eine verpackte Sache, die man während der Fahrt braucht, unerreichbar bleibt.

Auf Anhieb hatten wir das Boot fest im Griff. Es reagierte auf jeden Paddelschlag und wir ergänzten uns als Links-

-Dawson City, die alte Goldgräberstadt-

.

und Rechtshänder ausgezeichnet und brauchten während der gesamten Fahrt nicht einmal die Paddelseite zu wechseln. Dem Osterreicher sagten wir „Servus" und auf meine Frage, wie lange wir wohl brauchen werden bis ins Delta, antworte er, ohne groß zu überlegen: „Drei Monate mindestens!"

* * *

Über die Grenze nach Alaska

Nun waren wir schon zwei Tage unterwegs, und rund zweitausendfünfhundert Kilometer lagen noch vor uns. Jetzt wurde uns bewusst, worauf wir uns eingelassen hatten.

Zuerst saßen wir nur staunend im Boot und betrachteten die eigenartige, fremde Landschaft mit den schlanken, spitz zulaufenden Fichten, den teilweisen noch schneebedeckten Bergen und holten immer wieder tief Luft. Diese würzige, nach Harz riechende Luft machte frisch und frei. Noch wollten wir es gar nicht glauben und dachten, eine chemische Fabrik müsste in der Nähe sein, wie wir es auf der Weser erlebt hatten, wo das Wasser stundenlang nach Parfum duftete, so dass man nach dem Baden keinen Deostift benötigt hätte. Mit unserem europäischen Blick, wie wir es nannten, sahen wir zunächst an jeder Flussbiegung ein Haus, eine Burg, ein Hotel. Nein! Es war ein Felsvorsprung. Aber da! Ein Angler. Er ist ganz deutlich zu sehen. Ja, ein Angler. Nein! Ein in den Himmel ragender Ast.

Nur langsam gewöhnte sich der Blick an die Weite, und man kam hinter die ersten Geheimnisse. Ein Holzhäuschen   am Rande des Wassers, ohne Boot am Ufer, ließ darauf schließen, dass die Hütte unbewohnt oder niemand zu Hause war. Hing aber eine Gardine am Fenster, wirkte mit Sicherheit eine Frau im Haushalt mit. Wurden wir gesichtet, dann hieß es: „Hallo, eine Tasse Kaffee?" Auf alle Fälle aber fuhr man nicht, ohne sich zu grüßen, aneinander vorbei.

Beim letzten Lager hatten wir uns gründlich gewaschen. Es war doch ganz schön kalt und gewöhnungsbedürftig. Trübe ist

-Weites, unbekanntes Land-

jetzt der Fluss wie alle großen Ströme der Welt, weil sie jede Menge Schwemmstoffe ins Delta transportieren. Aber die Zuflüsse sind klar und sauber und geben gutes Trinkwasser her. Je kleiner der Zufluss, desto besser das Wasser. Trotzdem wurde geimpft, d.h. es kamen immer ein paar Tropfen Entkeimungsmittel mit in den Wassersack – man weiß ja nie, was sich weiter oberhalb abspielt.

Bald mussten wir das Grenzörtchen Eagle erreichen. Würden wir nun Schwierigkeiten bekommen? „Am besten wir fahren einfach durch", sagte mein Sohn. „Könnte man machen", überlegte ich, „keiner würde das bemerken. Zurückfahren können wir sowieso nicht und kein Staat schiebt jemanden auf Staatskosten ab, der einen Rückflugschein in der Tasche hat, also kannst du unbesorgt sein". Wir drehten bei, als die ersten Blockhäuser in Sicht kamen. Ziemlich in der Mitte der Siedlung am Ufer, ein auffälliges Gebäude mit Laden, überdachter Terrasse mit Sitzbank, Telefon und Bekanntmachungstafel. Bei jeder kleinen Siedlung mit Laden sind auch ein Telefon und eine Bekanntmachungstafel vorhanden und wenn man etwas Außergewöhnliches braucht, sollte man schon dort hingucken. Alle möglichen Zettel hängen dort und weisen auf mancherlei hin. Eine nützliche Einrichtung, z.B.: Verkaufe Motorenöl! Verkaufe einen Kanister Benzin, einen alten Kühlschrank, ein Kanu, wer hat mein Fahrrad gestohlen? Der stelle es doch bitte wieder hin. Ich rief zu Hause an, denn wir hatten abgemacht, uns wenn möglich zu melden. Einige Brote kauften wir im Laden. Hier hätte man auch Angel- oder Jagdscheine erhalten können. Der Besitzer telefonierte den zuständigen Beamten herbei. Lachend kam der uns entgegen und schüttelte uns auffallend lange die Hände.

-Grenzübergang Eagle ↑-
-Das letzte Haus der Siedlung ↓-

Wir machten es uns auf der Bank bequem, und er stellte das kleine Einreiseformular aus, drückte uns einen Stempel in den Pass. So geht es auch, dachte ich und fragte: „Wie lange werden wir bis ins Delta brauchen?" Er runzelte die Stirn, wurde ernst und sagte: „wenn ihr es überhaupt schafft – drei Monate!"

Ganz automatisch paddelten wir nun etwas schneller und am letzten Blockhaus der Siedlung rief jemand herüber: „Wo wollt ihr hin?" Mein Sohn deutete dreimal flussabwärts, und der Mann am Ufer riss sich die Mütze vom Kopf, führte einen regelrechten Veitstanz wegen der erschöpfenden Auskunft auf.

Der Fluss ist nun mit 500 Metern etwas breiter geworden und hat eine Geschwindigkeit von ca. 12 km/h, immer noch stark genug, den Kies im Flussbett mitzureißen, was das Kanu als Resonanzkörper wie ein schabendes und zischendes Geräusch wiedergibt. So mancher Neuling fühlte sich gefoppt, wenn er sein Boot aus dem Wasser zog, um nachzusehen, ob nicht doch ein Leck vorhanden ist.

Dichtbewaldete Höhen begleiteten jetzt den Fluss und er versteht es, sich da hindurchzuwinden. Wegen der plötzlich auftretenden Winde sollte man schon in der Nähe des Ufers bleiben. Es wurde warm und der Schweiß ließ Moskitos, Bremsen und Stechfliegen immer aggressiver werden. Es war aber noch längst nicht das, was wir noch erleben sollten. Rechts mündete der Kandik und kurze Zeit später links der Charley-River in den Yukon. Oben am Hang stand eine Hütte, die wir etwas näher in Augenschein nehmen wollten. Gern verlässt man ja sein Kanu nicht, aber wir waren gespannt, wie so ein Ding von innen aussieht. Es stört sich niemand daran, wenn man in einem leer stehenden Blockhaus Schutz sucht oder übernachtet. Viele Hütten werden nur vorübergehend etwa

-Dichtbewaldete Höhen begleiteten den Fluss-

zur Jagd oder während der Fischfangzeit benutzt. Man sollte aber, soweit möglich, verbrauchte Materialen wieder ergänzen.

Auch hier lagen Streichhölzer, Kerzen und Räucherzeug auf dem Tisch, davor eine Bank und ein Doppelstockbett, alles roh zusammengezimmert. Interessanter war der eiserne Ofen mit großer runder Öffnung vorne, flach und lang gehalten zur Aufnahme großer Holzstücke. Diese Hütte war innen mit Styropor verkleidet, was wir nicht erwartet hatten und was uns enttäuschte. Die Luft wurde sofort stickig, und wir waren froh, wieder draußen zu sein; nie würden wir in einer solchen Behausung übernachten.

Circle hieß die nächste Siedlung mit Einkaufsmöglichkeit und Telefon. Eine saubere Siedlung, die teilweise durch eine Schotterstraße mit Fairbanks verbunden ist. Die Straße ist im Winter nicht befahrbar. Eigentlich wollten wir einen Abstecher dorthin unternehmen, aber welcher Wasserfahrer verlässt schon seinen Fluss? Drei Wohnmobile hatten sich hierher verirrt und standen am Ufer, und daneben campierte ein Japaner mit Klepperfaltboot. Zunächst ergänzten wir unseren Proviant und erstanden dann drei Büchsen Bier, um dem Japaner mal zu zeigen, wie ein Germane Bier trinken kann. Damals wussten wir noch nicht, dass man Bier und Alkohol nur in besonderen Läden kaufen kann und diese nur stundenweise öffnen, sodass es reiner Zufall wäre, eine solche Gelegenheit zu bekommen. Wir haben jedenfalls einen solchen Laden nie erwischt und auch nicht vermisst. Der Japaner war schon mehrere Wochen als Einzelfahrer unterwegs und sehr erfreut uns zu treffen. Trotzdem stand er sauber und wie aus dem Ei gepellt da und hatte wohl schon mit unserem Erwerb Bekanntschaft gemacht. Nur zögernd nahm er die Dose entgegen, auf der „Bier" stand

-Todesmutiger Japaner-

und einige Kräuter abgebildet waren. „Pfui Teufel", schimpfte mein Sohn und spuckte es wieder aus. Es war ein alkoholfreies, nach Hustensaft schmeckendes, braunes Gesöff. Der Japaner bedankte sich aber und trank es todesmutig aus. Dann machten wir einige Fotos, und er winkte uns nach dieser Blamage lächelnd nach.

* * *

Die Durchquerung der Yukon Flats

Hunderte von Inseln mit größeren und kleineren Abzweigungen splittern den Fluss in eine riesige unübersichtliche ca. 500 Kilometer lange Wasserlandschaft auf. Sie ist Heimat für Millionen von Wasservögeln, und oft hat man Gelegenheit, den großen Weißkopfadler, den Wappenvogel der Vereinigten Staaten, zu beobachten.

Das Land wurde flach, das Wetter schlug um. Es wurde kalt, regnerisch, und ein starker Gegenwind verhinderte ein schnelles Fortkommen. Regelrechte Sandstürme setzten ein, und durch das aufgewühlte Wasser war die Hauptströmung kaum noch zu erkennen. Oft mussten wir bei den vielen Verzweigungen den Kompass zu Hilfe nehmen. Der Haarriss im vorderen Bereich, genau unter der Halterung des Vordersitzes, vergrößerte sich zum durchlässigen Spalt. Der Sitz musste somit ausgebaut werden. Eine kleine verrostete Zange stand uns zur Verfügung, sodass die Operation bei Wind und Kälte ziemlich lange dauerte. Auch konnten wir uns hierfür wegen der Dringlichkeit keinen geeigneten Platz aussuchen. Dabei waren wir von Wind und Kälte fast unterkühlt und hätten besser in den Schlafsack kriechen sollen. Die Lagerplätze wurden stets sorgfältig ausgewählt und das Boot schon wegen der starken Winde gut vertäut.

Genau da, wo wir diesmal unser Lager errichten wollten, sahen wir den ersten großen mächtigen Abdruck einer Bärentatze. Deutlich waren die vorspringenden Krallen im Sand zu erkennen. Von nun an wurde die Kochstelle abseits vom Lager eingerichtet und auch dort der Verpflegungssack niedergelegt. Die Zelte wurden weit auseinander in entgegengesetzter Richtung aufgestellt, sodass jeder einen Uferbereich überschauen konnte. Auch wurde das Kanu nie aus den Augen gelassen. Erstaunlicherweise trafen wir punktgenau auf Fort Yukon, das etwas über dem Polarkreis liegt. Der Yukon macht hier einen kleinen Knick und fließt dann in westlicher Richtung weiter. Hier gab es einen größeren Laden und die ersten betrunkenen Indianer, also auch Alkohol. Dieser, nicht nur für dieses Volk, verfluchte Alkohol.

Viel war nicht zu holen: Nudeln, Corned Beef, Kekse, Fertigsuppen, Milchpulver, kaum genießbarer Käse, Tomatenmark, Brennstoff für den Kocher. Außerdem Weißbrot, schneeweißes Brot, das den Darm verstopfte, so dass das Austreten zur Qual wurde, nicht nur wegen der langen Drückerei, sondern wegen der Mücken, die nun Zeit hatten, sich die edelsten Stellen auszusuchen. Die Verpflegung ist wirklich ein Problem, und da die Indianer überwiegend Fleischesser sind, hatten schon die ersten europäischen Forscher große Ernährungsprobleme. So waren wir froh, etwas Vollkornbrot in Dosen und Haferflocken mitgebracht zu haben. Mit Haferflocken kann man sich eine ganze Weile über Wasser halten. Außerdem kreierten wir eine Trappersuppe": 2 Liter Wasser, Nudeln, Tomatenmark, eine Dose Corned Beef und eine Fertigsuppe zur Abrundung. Sie schmeckt, wenn man Hunger hat und diesen hatten wir ja immer. Sie macht satt und sorgt für einen flotten Stuhlgang, so dass die meisten Moskitos das Nachsehen haben. Nun mündete der Porcupine mit seinem klaren Wasser in den Yukon, und wir brauchten die Wassersäcke zum Füllen nur noch über die Bordwand zu halten. Der Porcupine ist ebenfalls ein wunderbarer Wanderfluss, aber der Beil River als Ausgangspunkt ist von

Aklavik aus nur unter großen Mühen zu erreichen, weil man hinauf bis zur Wasserscheide der Richardson Montains muss. Wer keine Kosten scheut, kann sich natürlich auch mit dem Buschtaxi dort hinfliegen lassen. Weiter oben in Old Crow kam ein Missionar zu Ehren, weil er in der wilden Zeit dort vierzig Jahre lang treuen Dienst leistete. Die Indianer stellten sich gern unter den Schutz der Kirchen. Diese wachten eifersüchtig über ihre neugewonnenen Seelen und versprachen Sicherheit und forderten in Notfällen polizeilichen Schutz an.

Die katholische und anglikanische Kirche sind hier am meisten vertreten. Ihr Wirken ist bis heute ausgesprochen segensreich. So kämpfen sie gegen Alkoholismus und setzen sich für Bildung und Beschäftigung ein. Man muss wissen, dass Alaska erst 1958 Bundesstaat der USA geworden ist und seither alles in Eigenverantwortung und Eigenverwaltung durchgeführt worden ist.

Hier unten, bei den Kommunen spielt die Musik. Der oberste Staat hat das zu veranlassen, was die da unten wollen und greift nur ein, wenn wirklich mal etwas nicht klappt – so ist es richtig. Außerdem sind Washington und die Landeshauptstadt weit, und man lässt sich nicht bevormunden und schon gar nicht gängeln. Wenn ich da an Europa denke oder an Deutschland - wie weit sind wir davon noch entfernt! Die kleinen Indianersiedlungen, wie Beaver, Stevens Village, Rampert, von 50 bis höchstens 100 Einwohnern, bieten keine großen Versorgungseinrichtungen sind aber wichtige Anhaltspunkte bei der Standortbestimmung, d.h., wenn man auf sie aufmerksam wird, denn der Yukon hat stets mehrere große Flussarme mit weitflächigen Inseln dazwischen, schon wieder Welten für sich. Teils mit Bewuchs und eigenen Tümpeln, teils riesige Kies- und Sandbänke, bedeckt mit großen Baumstämmen, die hier das Hochwasser liegen gelassen hat. Will man eine Siedlung ansteuern, muss man höllisch auf passen und den richtigen Arm erwischen.

Man muss sich bei starker Strömung und Auftauchen einer Insel schnell entscheiden, ob links- oder rechtsherum, sonst bleibt man bei den vorgelagerten Sandbänken unweigerlich hängen. Es war daher nicht verwunderlich, dass mein Vordermann und Navigator mit fast abgeschlossenem Topographiestudium nur mit den Schultern zuckte, als ich wissen wollte, wo wir sind. Er zottelte aus dem Kartenstapel im Maßstab von 1 zu 250.000 ein Blatt hervor und tippte nach langer Prüfung und Überlegung auf einen Flussbogen, der aussah wie alle anderen auch und sagte: „Es kann sein, dass wir hier sind, es kann aber auch sein, dass wir in drei Tagen hierher kommen, es kann aber auch sein, dass wir vor drei Tagen bereits hier waren", und schon rutschten wir auf eine Sandbank, weil wir für einen Moment nicht aufgepasst hatten.

* * *

-Verloren in den Flats ↑-
-Bärenspur direkt am Zelt ↓-

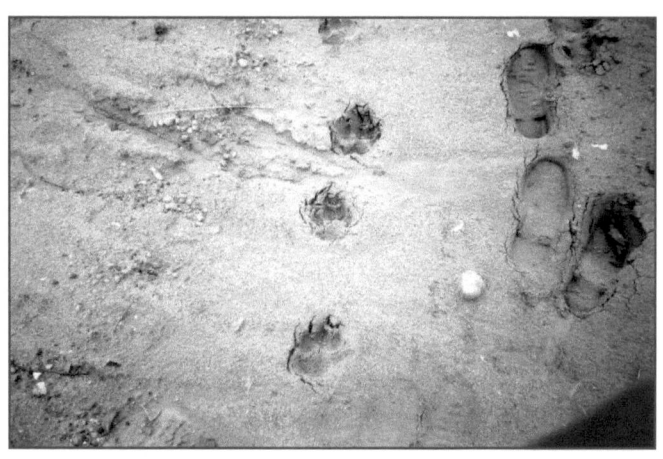

Zwischen Stevens Village und Koyukuk

Heute war ein angenehmer Tag. Etwas sonnig, leicht bewölkt und nicht zu kalt. Stevens Village, am Ende der Flats liegend, haben wir in der Ferne gesehen. Die kurze Uferstraße mit den drei Lampen und ein paar windschiefen Hütten hob sich etwas ab.

Es war der fünfte Tag nach Fort Yukon, der zwölfte Paddeltag insgesamt, als der große Brückenbogen des Dalton Highways in Sicht kam – die einzige Brücke hier in Alaska, die Valdez im Golf von Alaska mit der Nordküste, dem Eismeer, verbindet und eigentlich nur wegen der Ölpipeline gebaut worden ist und sie auch über den Fluss führt.

Hier entlang rollte der Nachschub für den Bau der Pipeline, dem technischen Wunder- und Jahrhundertwerk und wie die Erbauer sagen, erdbebensicher, ober- und zum Teil unterirdisch verlegt, dick isoliert, damit das Öl auch bei einer Temperatur von bis zu -65° C „transportfähig" bleibt. Eine Giftschlange von 1.280 Kilometer Länge, die Alaska in zwei Hälften teilt, sagen die Naturschützer. Oben standen einige Leute und schauten auf den mächtigen Strom und uns herunter - ich weiß, was so ein gemächlich und lautlos dahin treibendes Kanu für Sehnsüchte erweckt. Mit niemandem auf der Welt hätte ich jetzt getauscht.

Der Lachszug setzte ein, und die ersten, ganz vereinzelt stehenden, Fischräder (sich im Strom drehende Fischfangvorrichtungen) nahmen ihre Arbeit auf. Jede Umdrehung ergibt mindestens einen Fisch, und was für welche! Meistens

Silbersalmon und Kingsalmon, die zu den edelsten Lachsen gehören. Schnell lernten wir die Unterschiede kennen, und wenn ein Boot längsseits kam, hieß es: „Wollt ihr einen Fisch?" Jugendliche nahmen gern ein Gespräch auf, wenn auch zunächst alles nach einem bestimmten Schema ablief: „Woher kommt ihr? Wohin wollt ihr? Deutschland ist ein reiches Land!" Das sollten wir noch öfter hören. Irgendwer musste dieses Gerücht glaubhaft verbreitet haben. „Warum habt ihr keinen Motor?", fragten sie oft, und manchmal wurden wir und auch unsere Ausrüstungsgegenstände ziemlich frech taxiert.

Am Ufer tauchten die ersten Fischcamps der Indianer auf. Der rot leuchtende Lachs hing zum Trocknen an langen Stangen. Er dient im Winter überwiegend als Hundefutter. Die Kingsalmons und Silbersalmons wurden hingegen in kleinen Rundzelten, die oben eine Öffnung hatten, geräuchert, und sind dann wahre Delikatessen. Das waren natürlich für unsere Lieblingstiere, die Schwarzbären, äußerst interessante Dinge. Wir sahen zu wie sie sich heranpirschten. Aber schon die Anwesenheit von Indianerjungen, die dort meistens Wache schoben hielt sie davon ab, auch nur einen einzigen Fisch zu nehmen. Sobald sie menschlichen Geruch in die Nase bekommen, bauen sie ein Männchen, gucken regelrecht ungläubig, kratzen sich verlegen am Kopf und trollen sich dann meistens! Links am Ufer lag das kleine Indianerdörfchen Rampert, ohne Versorgungsmöglichkeiten und Straßenanschluss, was ja wohl nicht mehr besonders erwähnt werden muss. Verbindungen zur Außenwelt bestanden jetzt, wenn überhaupt, nur noch per Flugzeug.

Eine Tagestour hinter Rampert standen dicke Felsen rechts

-Bären, Lachs und gute Laune -

Im Fluss. Diese Stromschnelle mit ihren mächtigen Wellen hatten wir ganz vergessen, obwohl wir sie in der Karte dick unterstrichen hatten. Es war somit ausgesprochenes Glück, dass wir uns auf der befahrbaren linken Seite befanden und daher das Schauspiel fotografieren und bewundern konnten.

Etwa 100 km weiter mündet der Tanana links ein. Ein wichtiger Wasserweg nach Fairbanks, wodurch die Versorgung ganzer Landesteile möglich ist. Bojen oder irgendwelche Schifffahrtszeichen, wie es auf unseren Flüssen üblich ist, gibt es hier nicht. Obwohl die Flüsse nur kurze Zeit eisfrei und nur dann befahrbar sind, trafen wir nur ein Schubschiff, welches flach gebaut war und sich mit Bauteilen, Maschinen und Gerät beladen mühevoll und langsam eine sich ständig verändernde Fahrrinne suchte. Die Lachswanderung war für viele Tiere interessant und man könnte sagen, das Tierleben spielte sich nun überwiegend am Ufer ab. Die dicken Kadaver, die nach der Laichzeit aus dem Fluss gespült wurden, und mit ihren herunterhängenden Hautfetzen wirklich nicht schön aussahen, waren eine willkommene zusätzliche Nahrungsquelle für Bär, Wolf und Adler. Für uns allerdings war diese Angelegenheit eher unappetitlich und übelriechend. Wir sahen den grauen Wolf, der sich einen Fisch holen wollte, und er sah uns. Zwei Schritte machte er in Richtung Fisch, dann wieder einen zurück, dann schätzte er wieder die Entfernung zu uns ein, und so wiederholte sich das Spiel ein paar Mal, bis dann doch der Hunger siegte und er den Fisch packte. Am niedlichsten aber war der Schwarzbär, den wir bei der Morgenwäsche beobachten konnten. Ganz ahnungslos von unserer Anwesenheit wusch er sich gründlich den Kopf. Die Tatzen fuhren über Schnauze, Augen, Ohren, und wir wären gar nicht erstaunt gewesen, wenn er eine Zahnbürste hervorgezaubert hätte. Ja, mit den Bären standen wir auf Du und Du, und ich muss noch oft daran denken, wie eine Bärin mit ihren zwei Jungen unweit unseres Nachtlagers spielte, sodass wir stundenlang diesem reizvollen Schauspiel zusehen konnten und hofften, dass sich keines der Jungen zu uns verirrt. Dann nämlich hätte es gefährlich werden können. Doch entfernten sie sich zu weit von der Mutter, dann schob sich ihr dicker Kopf aus dem Gebüsch, und sie sprangen wie auf Kommando zurück. Sicherlich wird die junge Bärenfamilie hier noch einige Zeit verweilen. Ganz bewusst hatte sie sich für die Geburt eine Insel ausgesucht. Hier fühlte sich die Bärin sicher. Schön war auch für uns eine sandige Insel und wenn dann noch der Wind vom Festland kam, war fast schon alles perfekt. Man hatte etwas Zeit, das Lager zu errichten, eine Mahlzeit zu bereiten oder sich etwas ungestört auszuruhen. Aber dann wurde man doch geortet und plötzlich war der Teufel los. Ohne Moskitonetz ist dann nichts mehr zu machen, was beim Frühstück natürlich sehr hinderlich ist. Morgens war das Zelt von einer Wolke Mücken umhüllt. Man wurde vom lauten, aufdringlichen Gesumm geweckt. Verlässt man das Zelt, und öffnet es auch nur für einen Augenblick, braucht man nicht wieder zurückzukehren, denn tausende und abertausende von Moskitos suchen darin ihr Opfer. Wirklich gefährlich wurde es, als wir unser Lager vor einem regelrechten Wall aus verschachteltem Treibholz errichteten und den mit Lachsen gefüllten Bach hinter uns nicht gleich bemerkten. Da kam er angetrottet, der junge Schwarzbär, und zwar mit dem Wind. Er bemerkte uns nicht. Eine fatale Situation! Aber zwei Schüsse aus meiner Flinte mit ohrenbetäubendem Lärm machten ihn auf

-Mückenreicher Lagerplatz-

uns aufmerksam. Er stellte sich auf, rieb sich die Augen, um sich dann krachend durch das Treibholz zu zwängen und fünfzig Meter hinter uns wieder aufzutauchen. Ständig drehte er sich um und wir brachen schleunigst unser Lager ab, um ein weiteres Zusammentreffen zu vermeiden. Richtig traurig waren wir, als wir einen jungen Bären mit einem dicken Perlonseil um den Hals tot im Fluss treiben sahen. Wütend waren wir, als wir den abgeknallten Bären vor einem Fischcamp fanden. Während die Indianer wie zu alten Zeiten nur ihren Bedarf an Fisch decken, vermarkten Amerikaner den Lachs. Das bringt sicherlich mehr ein als die schwere Arbeit des Goldschürfens von Hand. Diese Leute machen jetzt hier das Geld. Ein laut knatterndes Aggregat steht dann am Ufer. Tiefgefroren wird der Fisch und in Styroporkisten verpackt. Für den Abtransport sorgt das daneben stehende Wasserflugzeug. An mehreren Arbeitstischen wird geschuftet, und wir haben Nebenflüsse gesehen, die mit Netzen regelrecht zugehangen waren. Wie lange wird das noch gut gehen?

Selbst hier in der Wildnis war der Sonntag ein besonderer Tag. War in der Nähe eine Siedlung, dann konnte man einem Ausflugsboot begegnen. Die kleinen, niedlichen Indianerkinder mit ihren übergroßen Köpfen, die immer bedenklich hin- und herwackeln, waren etwas besser gekämmt als sonst und manche trugen sogar Schuhe und Strümpfe. Dies machte uns auf unseren Zustand aufmerksam und wir legten einen Großwaschtag ein. Als wir nackt bis zum Bauch im Wasser standen, kam ein Kanu auf uns zu und wollte partout seinen Kurs nicht ändern. Wie ist so etwas möglich, dachten wir, und der Kanute fragte: „Heißt hier jemand Sam? Es ist Post da für Sam und der Brief wird weiter bis zur nächsten Poststelle vorgeschickt!"

„Wir werden es Sam ausrichten, wenn wir ihn treffen", antworteten wir. Ob der Brief jemals Sam erreicht hat, haben wir nie erfahren. So wussten wir aber, dass außer uns noch zwei Verrückte unterwegs waren.

Nach diesem Zufallstreffen hatten wir tagelang gegen eisigen Wind und hohe Wellen anzukämpfen. Ganz eng am Ufer mussten wir bleiben, und schon beim Ausweichen eines abgeknickten Baumes wurde es gefährlich, weil die hohen Wellen ins Kanu schlugen. Ein offenes Kanu hat eben schnell bei solchem Wetter seine Grenzen erreicht. Wir kamen kaum noch voran und waren weit entfernt von unserer Tagesleistung, ca. 50 km. Höchstens 25 km, mehr war nicht drin. Bei Wind, Regen und niedrigen Temperaturen ist man schnell unterkühlt. Ich schlotterte am ganzen Körper. Die Zähne schlugen aufeinander, und ich fürchtete um mein Gebiss. Da half auch alles Zusammenreißen nichts, man konnte es nicht unterdrücken. An solchen Tagen sollte man im Zelt bleiben. Wir brachten kein warmes Essen mehr fertig, konnten gerade noch die Zelte aufbauen, und in den Schlafsack kriechen. Egal ist einem dann alles. Man möchte nur noch schlafen, schlafen und nochmals schlafen. Die erste Erschöpfung war da, und als wir wieder aufwachten, wussten wir nicht, ob wir nun einen oder zwei Tage im Kalender abhaken sollten.

Wir erreichten Ruby, eine größere Siedlung. Richtiger Bergbau wurde hier betrieben und natürlich Gold abgebaut.
Ich ging nicht mit einkaufen, sondern blieb am Boot und wurde sofort angesprochen. Weil ich aber keine Lust auf eine Unterhaltung hatte und sagte: „I don't speak English", wurde mir geantwortet: „Du kannst mit mir auch deutsch sprechen, ich komme aus München und lebe hier." Dann warf er geräucher-

ten Lachs und wunderbare Filetstücke in unser Boot und verschwand mit der Bemerkung, dass er noch fürchterlich viel zu tun hätte. Gleich hinter der Siedlung errichteten wir das Lager. Noch beim Aufbau der Zelte kam ein Motorboot heran. Es war ein älteres, nettes amerikanisches Ehepaar, das hier den Sommer verbrachte und viel zu erzählen hatte. Ihr Boot war beladen mit mehreren Wannen voller Lachse. „Drei Meilen von hier ist unser Fischrad", sagten sie, „nehmt euch, was ihr braucht".

Das Wetter besserte sich wieder, es wurde regelrecht warm. Wieder war man von der Landschaft fasziniert. In der Ferne zeigten sich mit weißen Flecken versehene hohe Berge, und an den Ufern standen auf nacktem Fels schlanke Fichten. Schwamm ein Elch durch den Fluss, dann wurde man nur deshalb auf ihn aufmerksam, weil er fürchterlich keuchte und prustete. Kein Rabe zog an unserem Boot vorbei, ohne zu grüßen bzw. zu prüfen, ob es etwas Fressbares gab. Diese mächtigen, schwarzen Vögel kreisten dann mindestens zwei bis dreimal um unser Boot und verabschiedeten sich dann mit dunklen, kollernden Tönen.

Es folgten ruhige schöne Tage, und nachts im Zelt hörte man, wie sich über Meilen hinweg die Raben unterhielten, und der Ruf der Eule hallte weit und klang für uns nicht schaurig. Jedes Geräusch nahm man wahr, zu jeder Zeit, auch beim Schlafen. Rutschte ein unterspültes Uferstück ins Wasser, empfand man es als Donnergrollen und bekam einen fürchterlichen Schreck. Einen Schreck bekam man auch, wenn die Biber mit ihren Schwänzen vor dem Abtauchen aufs Wasser platschen – eine blöde Angewohnheit, – mit Verlaub gesagt!

Es war schön, im warmen Schlafsack zu liegen und das Rauschen des Regens zu hören. Es wirkte einschläfernd, wenn der

-Lachsfilet größer als die Pfanne-

Wind durch Bäume fuhr. Man fühlte sich sicher und geborgen. Ein Motorboot hörte man schon Stunden im Voraus. Wenn die Indianer das Lager entdeckten, fuhren sie nicht vorbei. Auf gleicher Höhe fing zunächst der Motor an zu stottern, um dann mit Vollgas näher zu kommen. Schon bald hörte man den Bootsrumpf über den Kies schaben, oder wenn es sumpfig war, leises Fluchen, worüber wir lachen mussten. Dieses Mal waren es zwei Jungen. Zwei aufgeschlossene Jungen, die über Deutschland verblüffend gut Bescheid wussten: von der damaligen Teilung des Landes, den zwei Armeen, die sich einmal feindlich gegenüber standen und der Mauer in Berlin. Natürlich waren sie wieder der Meinung, dass Deutschland ein reiches Land sei. Sie erzählten viel von sich und von der Basketballliga, die bis zur Siedlungsgrenze der Eskimos reicht. Allerdings wird nicht gegen Eskimos gespielt. Die haben wieder eine Liga für sich. So stimmte es doch, dass sich Indianer und Eskimos immer noch aus dem Wege gehen. Sie erzählten von ihrer Schulpflicht, die aber nicht lange dauert und dass die Teilnahme bei vielen Fächern freiwillig ist. Nach der Schule würde sich evtl. eine Ausbildung zum Schlosser oder Schweißer anschließen. Eine Dauerbeschäftigung würde es allerdings nicht geben. So wären sie frei und könnten mit zur Jagd gehen. „Ja", sagten wir, „und dann junge Bären jagen." Da wurden sie regelrecht ärgerlich und antworteten: „Jungbären schießen wir jedenfalls nicht." Wir erfuhren, dass man erstaunlicherweise hier mehr den Winter als den Sommer liebt, weil der Winter die Möglichkeit bietet, mit den Schlittenhunden weit ins Land zu fahren, zu jagen und Verwandte zu besuchen. Schließlich sein man im Sommer doch ziemlich ortsgebunden. Dan ging einer zum Boot, holte einen riesengroßen Silbersalmon und ein ordentliches Nachtmahl wurde zubereitet.

* * *

- Abendstimmung -

Stille und Einsamkeit

Die größere Siedlung Galena mit ihren rund tausend Einwohnern war für hiesige Verhältnisse fast schon eine Großstadt, machte aber keinen einladenden Eindruck. So fuhren wir vorbei, sahen aber hier zum ersten Mal im Wasser planschende Indianerkinder, die uns zuwinkten und herumtobten wie die Kinder überall auf der Welt. Na endlich, man konnte dem kurzen Sommer ja doch etwas abgewinnen. Kurz nach der Einmündung des Koyukuk River fließt der Yukon in südwestlicher Richtung weiter, um nach weiteren ca. 250 Kilometern noch einmal nach West und etwas später nach Nordwest einzuschwenken.

Drei große Stromschnellen hat der Yukon. Aber was heißt das schon? Macht der Strom einen scharfen Knick und prallt gegen eine Felswand, dann richten sich die treibenden Baumstämme auf oder drehen sich mit ihren Ästen und Wurzeln um ihre eigene Achse. Das ist viel gefährlicher als eine angekündigte Stromschnelle. Hier heißt es auf der Hut zu sein. Riesige, in sich verschachtelte Treibholzhaufen blockieren oft ganze Flussarme, durch die sich das Wasser gurgelnd hindurchpresst. Wer hier hineingerät, ist unweigerlich verloren. Fünf Wochen waren wir jetzt unterwegs und längst Flussmenschen geworden. Wir gehörten zum Strom, und er zeigte uns willig den besten Weg. Nur die Seeschwalben stürzten sich nach wie vor mit Gekreisch auf unsere Köpfe und rissen uns die Mützen herunter, wenn wir eine Insel inspizierten. Sie sorgten sich wohl um ihre frisch gelegten Eier. Auch mittags gingen wir nicht mehr an Land, sondern blieben auf dem mückenfreien

-Kein Haus, kein Boot, kein Mensch-

Fluss, um etwas zu dösen und zu essen. Schien die Sonne, zog man sich aus. Langsam, erst die Stiefel, dann die Hosen und das Oberhemd. Kaum war man entblößt und genoss die wärmende Sonne, fing es wieder an zu regnen und man zog sich wieder an. Ja, sagte später ein Siedler zu uns, das sei eben das arktische Wetter alle fünf Minuten anders.

Nicht nur weil der Verpflegungssack einen traurigen Eindruck machte, sondern auch, um wiedermal ein Lebenszeichen von uns zu geben, mussten wir bei der nächsten Siedlung unbedingt an Land. Es war eine kleine Indianersiedlung, die wir am Vormittag erreichten. Die angeketteten Hunde, die stets tiefe Löcher gruben und darin ganz verschwinden konnten, stimmten ein fürchterliches Geheul an. Nur die einjährigen Hunde tobten im Rudel frei herum und begrüßten uns freudig, zerrten hier und dort an der Regenkleidung. Man musste sie energisch zurechtweisen. Ein verschlafenes Nest war es. Weit und breit niemand zu sehen, aber das kannte wir schon. Erst gegen Mittag erwacht, wenn überhaupt, in diesen Siedlungen das Leben. Am kleinen, windschiefen, mit einem Vorhängeschloss gesicherten Laden hing ein Zettel: Geöffnet ab 11 Uhr. So setzten wir uns auf einen Baumstamm, und ein Indianer gesellte sich dazu. Um 9 Uhr fragte er, woher wir kommen. Um 9 Uhr 30 fragte er, wohin wir wollen. Um 10 Uhr erklärte er uns die Himmelrichtungen, und um 10 Uhr 30 gab er uns den Tipp, dass man nunmehr am linken Ufer besser fährt als am rechten. Um 11 Uhr trollte er sich, und wir gingen auch. Die kleinen Siedlungen, wo das Familienleben noch intakt war, jeder seine Aufgabe hatte, ein Gemeindehaus vorhanden war, vielleicht noch ein Schild mit der Aufschrift „ Alkoholfreie Zone" machten stets einen ordentlichen Eindruck. Da kein Te-

-Beschwerlicher Einkauf ↑-
-Schlittenhunde, die auch nicht den Winter erwarten können ↓-

lefon und keine Poststelle vorhanden waren, musste ein zweiter Anlauf gewagt werden. Es war die kleine Indianersiedlung Nulato, die wir ebenfalls wieder am Vormittag erreichten. Kein Mensch war zu sehen und wir schlenderten zum größten, etwas amtlich aussehenden Gebäude, in der Hoffnung, dort ein Telefon zu finden. Da stand er, der alte schlitzohrige Indianer. Ja, sagte er, er habe ein Telefon, und wir könnten auch telefonieren, wenn wir ihm ebenfalls behilflich sein könnten, was wir freundlich bejahten. Er führte uns zum Ufer, wo mehrere Fässer gefüllt mit bereits stinkendem und glitschigem Fisch standen. Er drückte uns eine Wanne in die Hand und machte uns verständlich, dass die Fische an Bedürftige verteilt werden müssten und er es wegen Rückenschmerzen nicht könne. So zogen wir die Fische aus dem Fass, verteilten sie nach seinen Anweisungen, meistens an allein stehende Frauen, Alte und Kranke und sahen dadurch, wie die Indianer lebten und wohnten, wie wohl kein anderer. Aber nach Fisch stanken wir drei Tage lang. Dann zeigte er uns, bevor er seine Frau weckte, sein Haus. Es war ein großes Blockhaus, wegen des Hochwassers abseits vom Fluss gebaut. Es hatte mehrere Räume und von Ordnung, wie es sich für einen richtigen Indianer gehört, keine Spur. Alles lag durcheinander, und die Essenreste waren wohl tagelang nicht vom Tisch geräumt worden. Aber er war von großer Herzlichkeit. Er zeigte uns Bilder seiner Kinder, die nicht mehr im Haus wohnten, und erzählte uns voller Stolz, dass er auch schon einmal in Anchorage gewesen ist. Nach dieser anstrengenden, aber interessanten Unterbrechung folgte rechtsliegend die Siedlung Kaltag und dann ein einsamer Flussabschnitt – ein sehr einsamer Flussabschnitt. Keine Siedlung, kein Trapperhaus, kein Boot kam mehr längsseits. Der Verpflegungssack wurde dünn und dünner, und die Inventur erbrachte ein dementsprechendes Ergebnis. Die Portionen wurden immer kleiner und die Suppe immer magerer. Alle Schleppangeln hatten wir inzwischen verloren, und so fiel auch die gewohnte Zusatznahrung aus. Wir sahen die dicken Lachse am Tage träge im Wasser dümpeln, welche dann in der Nacht ihre Wanderung fortsetzten. Sie konnte man sowieso nicht mehr angeln. Ihre Unterkiefer verkümmern jetzt. Sie nehmen keine Nahrung mehr auf und haben nichts weiter im Sinn als mit der verbleibenden Kraft ihren Geburtsort zu erreichen, um abzulaichen, für Nachkommen zu sorgen, um nach Erfüllung dieser Lebensaufgabe zu sterben, damit der ewige, der hoffentlich ewige, Kreislauf erhalten bleibt.

* * *

Abschied am Andreafski

Nicht mehr bewaldete Bergketten, sondern vereinzelte, mit Moos und Flechten bedeckte Berge, begleiteten uns jetzt. Als der Fluss sich seenartig verbreiterte, Windstille sich einstellte, die Wasserfläche spiegelglatt vor uns lag, der Himmel sich mit mehreren Wolkenschichten hochwölbte, was meistens ein fahles gelbliches Licht ergab, glaubte man, nicht mehr auf dieser Welt zu sein. Eine unbändige Sehnsucht packte einen, dort hinten in den Horizont, in die Unendlichkeit hineinzufahren mit der Hoffnung, dass diese Fahrt nie ein Ende nehmen würde, um dann plötzlich von Wehmut gepackt zu werden und in eine bis dahin nicht gekannte Traurigkeit zu verfallen. Man dachte an zu Hause und zweifelte, dort jemals wieder hinzukommen.

Im letzten Flussabschnitt, oft vom Fluss aus gar nicht zu sehen, lagen alte Siedlungen aus der Zarenzeit, wie Grayling, Anvik, Paradise Hill, Holy Cross und Russian Mission. Zumeist ohne Laden, Poststelle und Telefon. Nur ein paar windschiefe Hütten mit kläffenden Hunden davor, die wohl auch nicht den Winter erwarten konnten.

Die Inuitsiedlung St. Mary's war unser Ziel. Von hier aus sind es noch 50 km bis zur Beringsee mit meist schlammigen Ufern im Delta, auf die wir verzichten wollten.

So ist alles vergänglich, und auch der längste Strom hat einmal sein Ende. Um nicht in eine übliche überzogene Berichterstattung zu verfallen, haben wir ganz bewusst auf Spektakuläres verzichtet. Wir haben keine Lebensgefahr besonders her-

-Mitternachtssonne am Yukon-

vorgehoben, auch nicht mit Bären gerungen und sie getötet, keinem Adler die Jungen aus dem Horst geklaut oder deren Gelege zerstört, und auch keine Mammutstoßzähne aus dem Schlick gebuddelt. Doch eines sei erwähnt: Jack London benötigte für diese Strecke 19 Tage, allerdings hatte er mit seinem Gefährten wechselweise bei Tag und Nacht gepaddelt. Wir sind nur am Tage gefahren und haben sicherlich mit 40 Paddel- und 5 Ruhetagen zwar sicherlich keinen neuen Rekord, aber eine der schnellsten Befahrung durchgeführt.

Der Andreafsky mit seinen klaren Wassern war nicht zu verfehlen. Mit letzter Kraft paddelten wir einige Meilen flussaufwärts, um St. Mary's zu erreichen. Das Boot schenkten wir schweren Herzens einem Indianer, der sich darüber sehr freute und damit zur Jagd fahren wollte. Eine saubere Hose und ein sauberes Hemd, behütet wie ein Heiligtum, wenn auch nicht ganz knitterfrei und geruchlos, hatte noch jeder im Gepäck. Dringend brauchten wir zum Wäschewechsel eine Dusche. Da ein Hotel im Ort nicht vorhanden war, waren wir froh und überrascht, bei der großen Missionsstation freundlich aufgenommen zu werden. Der Verwalter bedauerte immer wieder, dass der Missionar nun ausgerechnet jetzt, wo Besuch aus Deutschland kommt, nach Deutschland verreist sei. Dann führte er uns stolz durch die ganze Station, zeigte uns die aufwendigen technischen Anlagen, die Heizung, die Großküche, das Lebensmittellager, die Unterrichtsräume und den Beichtstuhl. Hier fügte er schmunzelnd hinzu, dass ist die Stelle, wo am meisten gemogelt wird. Inzwischen bereitete seine Frau das Abendbrot. Sie erzählte später vom Missionsleben und von ihren Kindern, die am Michigansee lebten und dass man sich wegen der hohen Reisekosten nicht jedes Jahr besuchen könne. Dann zeigte sie uns Fotos von Wölfen und Füchsen, die im

Winter wegen der großen Kälte bis vor die Haustür kamen, und immer wieder Bilder mit der Wintersonne, die einmal am Tage kurz über den Horizont guckt, bis uns die Augen zufielen.

Gleich frühmorgens machten wir uns auf den Weg, um die zwölf Meilen weit entfernte Landebahn zu erreichen, nicht ohne uns am Abend zuvor für die freundliche Aufnahme bedankt und verabschiedet zu haben. Lange brauchten wir nicht zu laufen. Der erste Wagen, der uns begegnete, stoppte und nahm uns mit, wie es in diesem Lande üblich ist. Nun hatten wir Zeit, saßen vor dem kleinen Abfertigungshäuschen im bereits kalten Nebel, und die Moskitos hatten noch einmal Gelegenheit ihren Hunger zu stillen. Dann wurden wir von zwei albernen und ständig kichernden Eskimomädchen samt Gepäck ausgewogen. Erst als sich der Nebel gegen Mittag lichtete, schwebte ein kleines Flugzeug ein. Der Pilot entlud die Maschine, der Pilot belud die Maschine, der Pilot betankte die Maschine und forderte uns auf einzusteigen. Als auch er Platz genommen hatte, drehte er sich um und fragte grinsend: „Alles O.K.?", was wir bestätigten. Dann legte er krachend einen Hebel um und gab Gas. Die Maschine wurde schneller und schneller, und die Schottersteine schlugen immer heftiger an den Flugzeugrumpf. Im letzten Moment, kurz vor dem Ende der Bahn, hob sie ab.

Nun sahen wir noch einmal den Andreafsky, den Yukon, die lang gezogenen Gletschertäler und Berge, mit Eis und Schnee bedeckt, die wohl noch nie von einem Menschen betreten worden sind. Alles glitzerte im Sonnenschein, und dies machte den Abschied noch schwerer. Wir drückten uns an der kleinen Fensterscheibe die Nasen platt und ich fragte: „War das nun alles Traum oder Wirklichkeit?" Und mein Sohn antwortete lakonisch: „Es ist bereits Vergangenheit!"

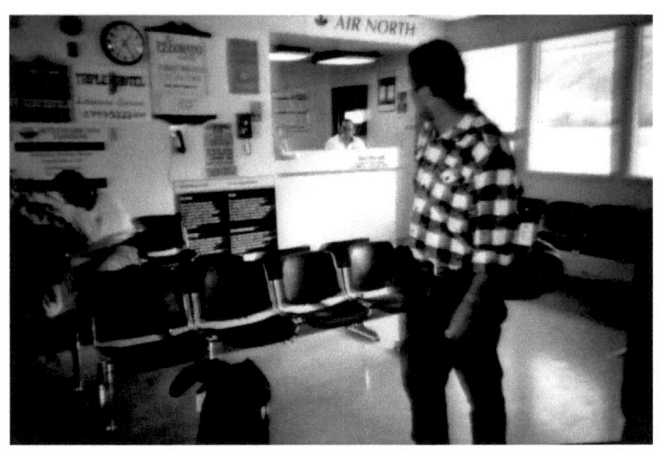

-Abflugbaracke in St. Mary's-

* * *

-Ein letzter Blick-

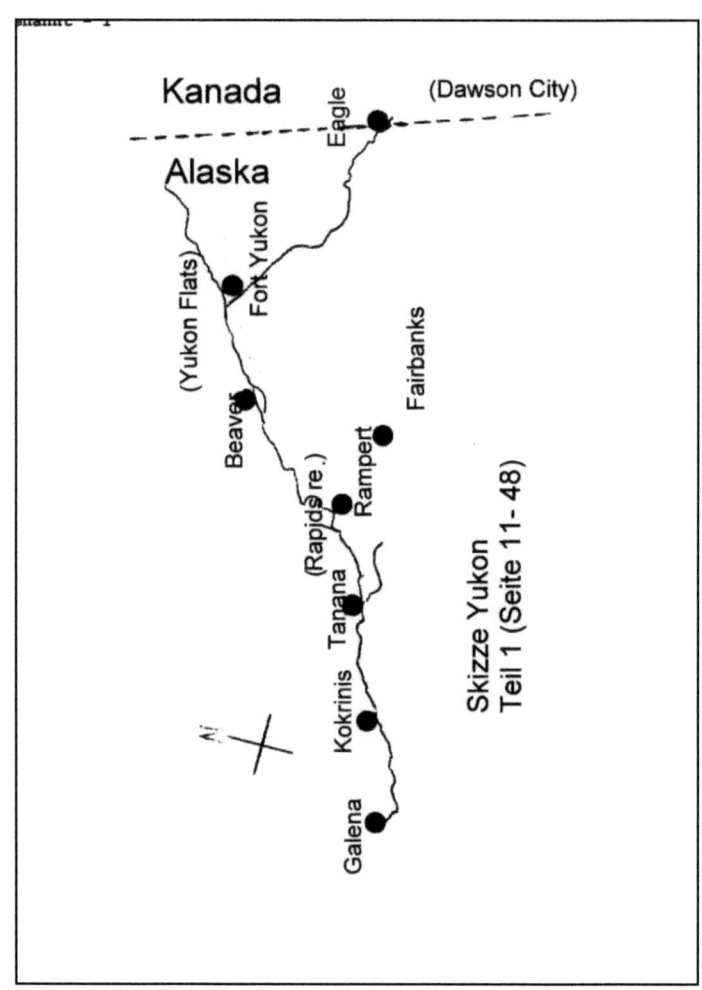

Kanada

(Dawson City)

Eagle

Alaska

Fort Yukon

(Yukon Flats)

Beaver

Fairbanks

(Rapids re.)

Rampert

Tanana

Kokrinis

Galena

Skizze Yukon
Teil 1 (Seite 11- 48)

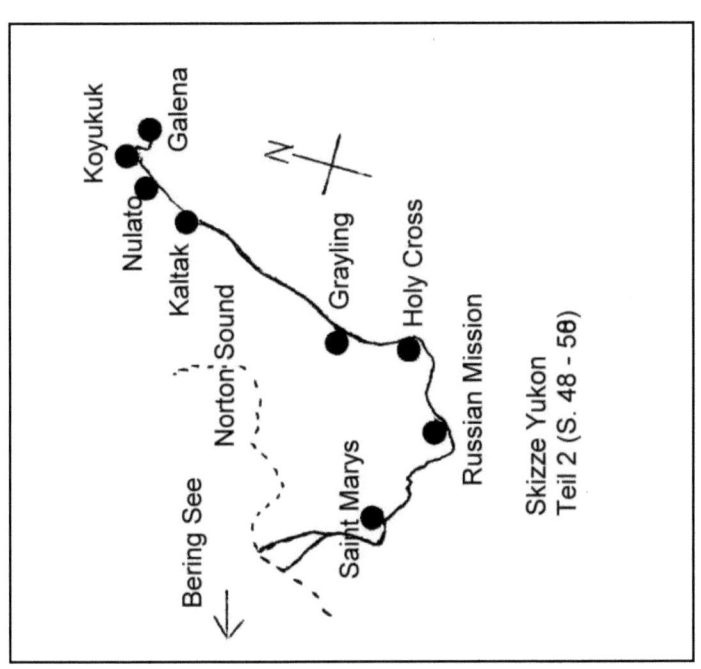

Skizze Yukon
Teil 2 (S. 48 - 58)

Fort Nelson River und der Liard

Es wäre wirklich übertrieben, wenn wir behaupten würden, unsere Stadt nicht zu lieben, denn schließlich sind die Bremer Stadtmusikanten sowie der Bremer Marktplatz mit dem Rathaus weltbekannt.

Auch dass es hier die längsten und holperigsten Radwege gibt, die sich immer an den gefährlichsten Stellen in nichts auflösen, und befahren werden von einer Flut übereifriger Radfahrer, die weder sich noch andere schonen, weiß ein jeder, der mal hier gewesen ist. Ganz bescheiden wird man dann als Fußgänger, geht am äußersten rechten Rand, tritt in so manchen Hundehaufen, überlässt dem Radfahrer die ganze Breite des Weges, der aber von hinten kommend trotzdem klingelt, immer klingelt, und wenn man einen Schreck bekommt, fröhlich ruft: „Ich habe extra geklingelt, damit Sie keinen Schreck bekommen!"

Nein, das geht schon in Ordnung. Genauso wie der Bremer Flughafen, der nun ausgebaut mitten in der Stadt liegt und in der Nacht halb Bremen stündlich weckt, weil ja die Ausnahmeregelungen vom Nachtflugverbot ganz besonders die Wirtschaft ankurbeln. Und auch die Fußballprofis von Werder Bremen müssen schließlich nachts fliegen, um ausgeruht den Gegner besiegen zu können.

Vereine gegen den Fluglärm werden gegründet, Klagen und Proteste erhoben. Unter dem Motto „Lärm macht krank" werden Gutachten verlesen. Versammlungen werden abgehalten, in denen dann, besonders vor den Wahlen, gerade die Politiker gegen den Lärm wettern, die dann die Nachtflüge genehmigen und die Vertreter der Flughafendirektion darauf hinweisen, dass die Düsen der neuen Maschinen nur noch flüstern, ja, fast einschläfernd wirken und dass man im Foyer des Flughafens auf Durchsagen nunmehr ganz verzichtet, sodass so mancher Fluggast in absoluter Stille einschläft und extra geweckt werden muss.

Nein, wir wollen es nicht übertreiben. Der Kaffeeduft in den Straßen macht dies alles wieder wett und eine Tasse Kaffee schmeckt in Bremen immer noch am besten, das kann ich beschwören! Aber eine Stadt, sei sie auch noch so liebenswert, stinkt nun mal und macht etwas Krach – wenn sie lebt – und wenn das Fernweh da ist, die Wildnis mit all ihrer Schönheit lockt, das neue Boot ausprobiert werden muss, sagt man: „Ja! Ja, ich komme mit!"

Von Fort Nelson aus, noch in British Columbia liegend, wollten wir über die Muskwa, über den Fort Nelson und den Liard River paddeln, um dann einen der mächtigsten Ströme der Welt, den Mackenzie, bis ins Delta zu begleiten. 1.964 km hatten wir ausgerechnet. Na, sagen wir, rund 2.3oo km werden es wohl mit einigen Abstechern in Nebenbäche und Flüsse werden.

Einen Faltkanadier, ein norwegisches Produkt mit verstärkter PVC-Haut und Alugestänge, hatten wir uns zugelegt. Ziemlich teuer und das Alugestänge bei längerem Wellengang verrutschbar, worauf auch hingewiesen wurde. Diese Kinderkrankheiten sind aber bei den Nachfolgemodellen beseitigt worden. Für uns ein ganz zweckmäßiges Boot. Die Länge von fast 6 m bietet ausreichenden Stauraum, und man steht nicht vor dem Problem, erst bei Ankunft ein Boot beschaffen zu müssen, was in abgelegenen Gebieten ziemlich schwierig sein dürfte. Bei den Überseeflügen sind 2 Gepäckstücke à 32 kg erlaubt, die wir nie erreicht haben. Die Beschränkung liegt somit nicht beim Gewicht, sondern bei der zugelassenen Größe der Gepäckstücke. Der Ein- und Ausstieg ist immer der unangenehmste und schwierigste Teil einer solchen Tour. Aber vielleicht macht man sich viel zu viele Gedanken. Vieles erledigt sich bei den hilfsbereiten Menschen des Landes ganz von selbst. Man muss nur etwas Geduld haben. So war es auch hier, als wir mit vier dicken Packsäcken vor dem kleinen Abfertigungsgebäude der Landebahn von Fort Nelson standen. Es war ausgesprochen schwül, ein Tag, wie es ihn auch bei uns nur selten gibt. Kein Luftzug bewegte sich und der Schweiß floss in Strömen. Im Osten baute sich eine dicke, dunkle Gewitterfront auf. Ausgerechnet am Sonntag kamen wir hier an. Obwohl Fluss und Stadt weit entfernt waren, wollten wir noch heute Proviant bunkern und das Boot aufbauen.

Die Frau im Gebäude erkannte wohl unsere missliche Lage, und als wir ihr unser Vorhaben erklärten, rief sie spontan: „Ah! Ich kenne jemanden, der Sie fahren wird."

Es dauerte nicht lange, und ein viel zu kleiner PKW kurvte heran. Ein baumlanger, freundlicher Mann sprang aus dem Wagen und öffnete den Kofferraum, der bereits mit einer Gasflasche, dem Antriebsgas des Wagens, fast ausgefüllt war. Aber irgendwie wurde alles in den Wagen gedrückt, und als wir uns auch noch hineinzwängten, war es ein Wunder, dass er nicht auseinanderbrach. Er machte sich darüber keine Gedanken, lachte ständig und erzählte, dass seine Mutter aus Kassel stamme und er hier geboren sei.

An die 4.000 Einwohner soll Fort Nelson haben und wurde, wie unschwer zu erraten ist, nach dem Seehelden Lord Nelson benannt. Ein Handelsposten wurde hier 1805 eingerichtet und Felle der Slavey Indianer eingetauscht. Das kleine in der endlosen Weite isolierte Trappernest wurde hin und wieder von

Indianern überfallen und abgefackelt. Aber dann kam die Neuzeit mit dem Alaska Highway, mit Öl und Gasfeldern, mit Holzwirtschaft, und aus dem kleinen Nest wurde 1987 eine Stadt mit Supermarkt, der auch am Sonntag geöffnet hatte und für uns äußerst wichtig war.

Unser Fahrer amüsierte sich über unseren Einkauf, der sich aber nicht erheblich von dem der aus dem Umland kommenden Kanadier abhob. Alle kauften hier mindestens 12 Brote und Riesenberge von Konserven. Dann kurvte er mit uns durch die „Stadt", um für uns noch eine Axt aufzutreiben. Er deutete immer wieder auf die furchterregende und immer näher kommende dunkle Wolkenwand: „Seid vorsichtig", sagte er, „die Flüsse führen noch Hochwasser – seid bloß vorsichtig!"

So richtig glaubte er es wohl nicht, dass aus dem Inhalt eines Packsacks ein Boot entstehen kann. Er blieb oben am Ufer sitzen und schaute uns zu, wie wir schwitzend, von immer dichteren Mückenwolken umgeben, auf Blechdosen und Einwegspritzen kniend, die hier nun leider auch schon Einzug gehalten haben, den schwierigen Erstaufbau meisterten.

Weg hier, bloß weg von dieser Uferstelle, weg von den Abfällen der „Zivilisation". Wir konnten gerade noch zurückwinken, da schickte uns der erste Flussbogen in eine andere Welt. Nun öffnete Petrus die Schleusen, und man konnte die herabstürzenden Wassermassen nicht mehr vom Flusswasser unterscheiden. „Wir hätten zum Amazonas fahren sollen", rief mein Sohn durch den rauschenden Regen. Dann erwischten wir eine glitschige Insel, bauten die triefenden Zelte auf und fielen in einen bleiernen Schlaf.

Gerade als ich die Augen aufgemacht hatte und feststellen wollte, wo wir eigentlich sind, wurde ich auch schon angerufen: „He, bist du wach?" Ich zog den Reißverschluss herunter und sah nichts - nur Dunst, Nebel und triefende Nässe. Ausgiebig lange tranken wir einen starken Kaffee. Sogar der Kocher spuckte und blakte etwas wegen der Feuchtigkeit, schaffte es dann aber doch.

Es soll bloß keiner denken, dass es bei diesen Touren ohne Kocher geht. Sicherlich liegt an den Flussrändern stets ausreichend Brennmaterial herum. Aber wie lange dauert es, ein kräftiges Feuer mit ausreichender Glut zu zünden? Wie lange dauert es, auf diese Weise einen Wasserkessel zum Kochen zu bringen? Wir jedenfalls hatten dazu selten Zeit und Muße. Der Nebel wollte sich nicht lichten und stand unbeweglich über dem Fluss. Wir packten unsere Siebensachen zusammen und stießen ab und machten das, was man nicht machen soll: einfach hineinzufahren in einen unbekannten Fluss, ohne etwas erkennen zu können und Näheres über ihn zu wissen.

Angestrengt horchend und äußerst vorsichtig paddelten wir. Aber wir hatten Glück, mit mäßiger Strömung zog der Fluss dahin. Erst nach Stunden lichtete sich der Nebel und gab in der Sonne glitzernde Flecken frei und schon bald sahen wir die Wipfel der Bäume, die lang gezogenen Felsmauern an den Ufern. Eine heimliche, lautlose Landschaft tat sich auf. Drei Tage und 160 km lagen hinter uns, als der Fluss sich verbreiterte, sich in mehrere Arme aufteilte, das Wasser plötzlich milchig weiß wurde und unser Boot von atemberaubender Geschwindigkeit erfasst wurde. Wir befanden uns, ohne es so richtig begriffen zu haben, bereits auf dem Liard.

Der Liard, ein gewaltiger Gebirgsfluss von 1.400 km Länge, stark und ungezähmt, mit tiefen Schluchten und unbefahrbaren Stromschnellen. 520 km sind es noch von Nelson Forks, an der Einmündung des Fort Nelson River liegend, bis nach Fort

-Der Weg ist das Ziel-

Simpson, das wiederum an der Einmündung des Liard in den Mackenzie liegt. Vielleicht ist er auf diesem Teilstück nicht mehr ganz so wild, aber eilig hat er es immer, und schnelle Wasser gibt es überall.

Fort Liard erreichten wir am Vormittag und so konnten wir zu Hause anrufen, weil es dort jetzt wegen der Zeitverschiebung später Abend war. Der Ort hat mit seinen 400 Einwohnern eine katholische Kirche sowie einen Polizeiposten. Wohl bedingt durch den Anschluss an den Liard Highway hat man die Qual der Wahl zwischen zwei Supermärkten. Schwefelhaltige, warme Quellen soll es hier in der Umgebung geben, und auch der hier zufließende kleine Petitot River soll wärmeres Wasser mit sich führen als sonst üblich. Aber bei der abendlichen Wäsche haben wir von all dem nichts gespürt – es war wie immer – arschkalt!

Wir passierten die Flett Rapids. Bei den vielen Felsen im Fluss und der schnellen Fahrt, muss man schon höllisch aufpassen, um den richtigen Durchschlupf zu finden. Auf der linken Seite dann der Zufluss des Nahinnis, der den gleichnamigen Nahinni-Nationalpark durchquert. Sicherlich nicht so bekannt wie der Banff- oder Jasper Nationalpark, weil er etwas abseits von der klassischen Touristenstrecke liegt.

Der Nahanni ist bei Hochwasser nicht zu befahren, bei Normalwasser ist dies aber durchaus möglich, wenn auch die abenteuerlichsten Geschichten erzählt werden. Das Wasser ist wie bei allen Gebirgsflüssen sehr kalt und wer im Canyon kentert, muss unter Umständen lange im Wasser bleiben. Die steilen Felswände verhindern ein Anlanden.

Gewitter lassen den Fluss schnell anschwellen und haben so manches Opfer gefordert. Der Virginia Fälle sind natürlich die

Attraktion des Parks und bieten ein einmaliges Naturschauspiel

Für uns stellte sich die Frage, hier etwas hinaufzupaddeln, um wenigstens das Rauschen dieser mächtigen Wasserfälle zu hören, aber schon der Liard mit seinem Hochwasser hatte etwas dagegen. Es war nicht möglich, gegen die Strömung anzukommen. Wurden wir bisher links von einem gewaltigen Höhenrücken begleitet, wurden die Ufer jetzt etwas flacher. Es war nun Mitte Juni und vielleicht waren wir doch etwas zu früh losgefahren.

Die Ufer waren nur oberflächlich angetaut. Eine dicke Schlammschicht bildete sich darauf. Streckenweise waren die Flussränder mit dicken Eisblöcken, fast mit Eisbergen belegt, die, wie wir bei einer näheren Inspektion feststellten, noch knallhart gefroren waren und vielleicht nie ganz wegtauten. Denn im August gibt es ja schon wieder die ersten Nachtfröste. Es war somit ausgesprochen schwierig, geeignete Lagerplätze zu finden, und so langsam machte sich der Schlamm auch im Boot breit. Er war zäh, klumpig und ließ sich nur schlecht von den Stiefeln spülen - man konnte sich noch so vorsehen, der Schlamm haftete überall und ließ sich nicht wegwischen.

Drei Kilometer unterhalb der Mündung des Birch River lag eine große Insel mitten im Fluss. Beide Seiten waren verblockt und mit Felsbrocken fast versperrt. Kunstvoll und mit etwas Herzklopfen mogelten wir uns hier hindurch. Und dann kam er, der schönste Zeltplatz aller Flüsse. Jedenfalls bezeichneten wir ihn so nach all dem Matsch und Dreck – eine weiße, mückenfreie Kiesbank in der Mündung des Poplars River. Gegenüber lag eine steile Felswand. Es fehlten nur noch Winnetou und Old Shatterhand mit seiner Donnerbüchse. Apropos Donnerbüchse, die Flinte war bereits angerostet und musste noch ge-

-Eisblöcke mit bizarren Formen, hier ein Gesicht aus Eis-

-Eis, Hitze und Kälte, alles vorhanden-

putzt und gefettet werden. „Wie wär's mit ein paar Probeschüssen?" Aber mein Angebot wurde entsetzt und empört abgelehnt, und ich bekam zu hören: „Du willst doch wohl nicht diese himmlische Ruhe mit deiner blöden Flinte stören!" - Recht hatte er. Der Zufluss war klar und sauber, etwas gelblich verfärbt. Vielleicht doch eine warme, schwefelhaltige Quelle weiter oberhalb? Dies erklärte wohl auch, dass kein Fisch zu sehen und zu angeln war und auch keine Bärenstapfen vorhanden waren. Von Müßiggang keine Spur, das Boot, die Packsäcke mussten entschlammt, gereinigt und die Zelte aufgestellt werden. Wäsche wurde gewaschen, der Verpflegungssack überprüft und dann hinein in den Fluss mit Kopfwäsche, Rasur und allem, was notwendig ist. Zur Feier des Tages gab es eine dicke „Trappersuppe" und ein paar Kekse mit Kaffee zusätzlich. Ein weiterer Erkundungsgang wurde unternommen. Wir entdeckten blühende Erdbeer- und Schnittlauchstauden, Buschwindröschen, Weiderich, Erlen und Pappeln. Nur die warme Quelle, die fanden wir nicht. Ganz im Unterbewusstsein hat man dann manchmal doch noch das Gefühl, es könnte jemand kommen mit lautem Geschrei, Radiomusik und Aufdringlichkeit. Aber es kommt niemand, und würde wirklich ein Wasserfahrer vorbeikommen, so würde man sich freuen, ein paar Worte wechseln, und jeder würde seines Weges ziehen.

Wir befanden uns bereits in den Northwest Territories (NWT) mit einer Größe von 3.376.689 km², einschließlich Manuvut, somit größer als Indien mit einer Milliarde Menschen! Begrenzt durch das Eismeer im Norden, die Mac Kenzie Mountains im Westen, die Hudson Bay im Osten und im Süden durch die Provinzen Alberta, Saskatchewan und Mani-

-…und ab ins kühle Bad ↑-

        -Kaffee muss sein! ↓-

toba, mit rund 52.000 Einwohnern, zu gleichen Teilen Indianer, Inuit und Weiße. Zieht man hiervon die 12.000 Einwohner der Hauptstadt Yellowknife und die Einwohner der anderen wenigen Siedlungen, die zumeist an den Flussläufen liegen, ab, ist das Land praktisch menschenleer. Wen soll man da treffen?

-Träumerei auf dem Liard-

Allerdings muss dazu gesagt werden, dass die Inselwelt im Polarmeer und die Tundra durch Beschaffenheit und Klima wohl auch kaum oder nicht bewohnbar sind.

Am nächsten Morgen hatte sich die Welt schon wieder verändert. Es fing an zu regnen. Ein richtiges ungemütliches Schmuddelwetter, wie die Bremer sagen. Die Wolken hingen tief, die Eisblöcke an den Ufern strahlten noch mehr Kälte ab. Die 3 km von hier entfernten und 12 km langen Stromschnellen steigerten nicht das Wohlbefinden.

Mit leichtem Druck im Magen fuhren wir weiter. Der Fluss wurde schmaler. Felsen an den Seiten engten ihn ein. Diese waren mit Matsch und dicken Eisschollen, tauenden Eisblöcken und eingekeilten Holzstämmen belegt. Alles drohte, in den Fluss zu rutschen, und wir mussten uns trotz dieser ständig bestehenden Gefahr hart am Ufer halten, denn schon etwas abseits standen meterhohe Wellen. Eine „Höllenfahrt" begann. Ein „Höllenschlund" tat sich auf. In einem Gemisch aus Bäumen, Eis und gurgelnden braunen Wassermassen wurden wir mitgerissen. Aufs Äußerste kämpfte jeder für sich. Man hatte keine Zeit für Zuruf oder auch nur für einen klaren Gedanken. Nur der breite Rücken meines Vordermannes und seine kräftigen Paddelschläge hatten etwas Beruhigendes.

Am Abschluss der Stromschnellen – dem Beaver Damm, wie eine quer durch den Fluss verlaufende Felswand bezeichnet wird, die eigentlich „die Gefahrenstelle" sein soll erwischten wir eine Wasserzunge, die uns hinübertrug. Nun beruhigte sich der Fluss etwas und mein Vordermann drehte sich um, grinste von einem Ohr zum anderen und sagte: „Das war's" – seine Nerven möchte ich haben!

Auf einer Insel kurz vor Fort Simpson, unserer nächsten Anlaufstelle für Einkauf, Post und Telefon, übernachteten wir, um am nächsten Vormittag dort einzutreffen. Oben am Ufer standen zwei Indianer, die gar nicht abwarten konnten, uns begrüßen zu können. Sie forderten uns energisch auf, mitzukommen, und wir hatten hierfür überhaupt keine Erklärung. Wenn wir etwas zögerten, nachzukommen, blieben sie stehen und winkten uns wieder heran. Durch mehrere Straßen schleusten sie uns, um dann in einem Supermarkt zu verschwinden. Wieder holten sie uns nach und schoben uns durch den ganzen

Laden bis hinten hin, wo ein einsames Fass stand. Sie schauten hinein und sagten mit strahlendem Gesicht: „Hier Sauerkraut!"

Es können nur die Buschtrommeln gewesen sein, die zwei „Krauts" bereits angemeldet hatten, oder war es doch unser Freund aus Fort Nelson per Telefon?

* * *

Eine Reise auf dem Mackenzie bis Inuvik

Der Mackenzie empfing uns mit Nieselregen und leider nicht mit klarem Wasser, wie man uns versprochen hatte. Aber das mag nun auch von der Jahreszeit und den Wasserständen abhängen. Das Hochwasser brachte jedenfalls den Vorteil einer flotten Strömung, bedeckte aber die meisten Kies- und Sandbänke und in vielen Flussabschnitten blieb uns der Schlick an den Ufern erhalten. Heute begleiteten uns hohe Sanddünen an den Seiten, die der Fluss über Jahrhunderte hinweg aufgebaut hatte. Inzwischen wurde ich zum Quartiermeister befördert. Dafür hielt ich mich beim Kochen und bei den „schweren Einkaufsentscheidungen" und der Vorratshaltung weitgehendst zurück. Vom Kochen hatte ich sowieso wenig Ahnung und war somit eine Sorge los, und mein Sohn überließ es meistens mir, die richtigen Lagerplätze zu finden. So hatten wir unseren Spaß, ich konnte über den Koch und seinen saumäßigen Fraß meckern und er sich über die schlechten Nachtquartiere aufregen. Es war wirklich manchmal wie verhext. Schon gegen Mittag kam man an schönen und bestens geeigneten Stellen vorbei und dann vielleicht noch einmal am frühen Nachmittag und jedes Mal musste dann entschieden werden, bleiben oder nicht bleiben? Ach, lass uns noch etwas fahren, hieß es meistens, was dann mit stundenlangem Paddeln verbunden war, denn es kam natürlich kein geeigneter Platz mehr. Man wurde müde und konnte sich nicht mehr entscheiden, hatte an jeder Stelle etwas auszusetzen und bereute es an der letzten, doch so schönen Stelle vorbeigefahren zu sein.

Heute errichteten wir unser Lager hoch oben auf einer Sanddüne, die mit jungen Pappeln bewachsen war. Es war schon etwas beschwerlich, die Sachen dort hinaufzutragen, aber der wunderbare Blick auf den Fluss machte dies wieder wett. Der wehende Wind hielt die Mücken ab, und der vom Nieselregen befeuchtete Sand war noch nicht auf Wanderschaft. Es stimmte somit alles, und der er Verpflegungsmeister zeigte sein großes Herz und genehmigte Brot mit Speck. Ich war damit einverstanden, denn bei der letzten Fahrt hatte ich 7 kg abgenommen und meine Frau sagte: „Erschreckend siehst du aus" und schimpfte, soweit diese wunderbare Frau überhaupt schimpfen kann, „so kommst du mir nicht mehr nach Hause, oder ich lass dich nicht wieder weg". Aber der Gewichtsverlust bleibt ja doch nicht aus. Bei solchen Touren lebt man eben überwiegend von der eigenen Substanz.

Richtige Wetterexperten waren wir inzwischen geworden und ließen uns von den schönen Sonnenstrahlen nicht mehr täuschen. Bekam die Sonne einen Hof, so einen richtigen Heiligenschein, dann wussten wir, in spätestens vier Stunden schlägt das Wetter um, und wir sitzen wieder im Regen und Wind. Im Regen und Wind saßen wir auch, als die Spanten des Bootes sich bedenklich zur Seite neigten. Das ganze Boot drohte zusammenzuklappen. Es war höchste Eisenbahn, an Land zu gehen. Das Boot musste komplett auseinandergenommen und neu aufgebaut werden. Natürlich entluden sich in diesem Moment die vom Wind herangewehten dunklen, tiefhängenden Wolken mit voller Macht, und die aufgeweichte Insel, die wir erreichten, war sumpfig und abweisend. Wir bauten eine Ablage für die Packsäcke und die sonstige Ausrüstung, entluden das Boot und gingen an die Arbeit.

-Bootsreparatur bei Regen und
Mückenplage-

-Na dann, auf ein Neues-

Wenn man sich das zerlegte Boot mit dem winzigen Häufchen an Ausrüstung betrachtete und den Blick über die ungeschützte Insel mit dem zerzausten Buschwerk warf und über die weite Wasserfläche schweifen ließ, schlichen doch bestimmte Gedanken durch den Kopf: Wenn das mal alles gut geht. Was ist, wenn wirklich mal das Boot ausfällt? Wie lange werden wir dann hier ausharren müssen? In einer Kurve vor einer steilen Felswand kampierten wir diesmal. Der Fluss hatte hier eine Hand voll Sand angespült, die genau 2 cm über der Wasserfläche lag und höchstens 2 m breit war. Etwas Besseres hatten wir nicht gefunden. Die starke Strömung riss hier ein Stückchen weg und backte dort wieder ein Stückchen an, nicht gerade ein beruhigendes Gefühl. Wir sicherten das Boot, so gut es ging, und ich wickelte mir vorsichtshalber ein Haltetau um das Bein.

Der Fluss zog unaufhaltsam mit guter Strömung seine Bahn. Er verbreitete sich hier noch nicht. Trotzdem war das Schubschiff auf der anderen Seite des Flusses kaum auszumachen. Einige Leute standen draußen an der Reling und beobachteten uns durch Ferngläser. Mein Vordermann brummte missmutig, noch nicht mal unbeobachtet popeln könne man hier! Dreimal sollten wir das Schiff noch treffen. Erst beim dritten Mal begrüßte uns der Kapitän mit Sirenengeheul, was wohl so viel wie „Sieh mal an, da seid ihr schon" bedeuten sollte. Mit drei windschiefen Hütten oben am Ufer machte sich Wrigley bemerkbar, ein altes, vergessenes Indianerdorf. Es gab keinen Grund, dort hinaufzugehen.

Es war es sonnig, leicht bewölkt und so richtiges Paddelwetter, als wir feststellten, dass die ersten 1.000 km bereits hinter uns lagen. Also Halbzeit und ein Grund, den Verpflegungsmeister zu einem Griff in den Verpflegungssack zu überreden. Links von uns eine Insel mit hoher, glatter Felswand, die einige Leute dazu missbraucht hatten, mit dicken weißen Aufschriften den Rest der Welt zu grüßen. Rechts eine in den Fluss ragende Landspitze mit gefährlicher Querströmung, aber äußerst romantisch anzusehen. Schöne Felsformationen mit dicken Eisblöcken davor und ganz oben große, in den blauen Himmel ragende Fichten. Eine Exkursion war fällig. Wir legten an, schöpften Wasser, zerhackten Eis, lösten ein paar Vitamintabletten auf und hatten ein herrliches Eisgetränk.

Dann durchfuhren wir ein riesiges Waldbrandgebiet. Nur schwarze Baumstümpfe auf der einen Seite, wirklich kein schöner Anblick. Warum bloß sind hier andauernd Waldbrände? Wir hatten doch den Verdacht, dass verhinderte Trapper und Touristen mit ihrer Lagerfeuerromantik, dem hiesigen Lagerfeuertick, dazu beitrugen. Rechts auf der Böschung drei Hirsche, die erschrocken schnell davon trabten. Vor uns auf dem Wasser ein Schwarm Wildgänse, äußerst scheu und aufmerksam. Regelrechte Wachposten richten sie ein, die bei Gefahr einen schrillen Schrei ausstoßen, woraufhin sich der ganze Schwarm erhebt und abstreicht. Verzweifelt gab so mancher Jäger auf, weil er nicht die geringste Chance hatte, in eine vernünftige Schussposition zu kommen. Nur die drei Gänse, die watschelnd an meinem Zelt vorbeizuckelten, hätte ich mit der bloßen Hand greifen können. Als ich mich rührte, flogen sie kreischend davon, wirklich, wie dumme Gänse benahmen sie sich.

Fort Norman liegt an der Einmündung des Great Bear River, der vom großen Bärensee kommt und klares, sauberes Wasser mit sich führt. Es reizt natürlich, einen solchen See zu befahren, Fünfzigmal größer als der Bodensee, in reiner Trinkwasserqualität. Am Südufer könnte man sich entlang schleichen und dann den Camsell River hinauf in einer herrlich bewaldeten, unbewohnten Seenlandschaft verschwinden. Wegen des zunächst offenen Wassers sicherlich eine gefährliche, aber schöne Tour. Wir speicherten sie im Hinterstübchen.

In Fort Norman trafen wir auf einen Polizisten der Royal Canadian Mountain Police im roten Uniformrock, der nur noch zu festlichen Anlässen getragen wird und somit selten zu sehen ist. Unser Fotoapparat lag leider im Kanu. Er verließ gerade die Polizeistation. „Sicherlich wollen Sie sich an- oder abmelden", fragte er uns freundlich, und ich sah in das verdutzte Gesicht meines Sohnes und wusste genau, was er dachte. „Wir kommen doch nicht in dieses freie Land, um von einem Polizeiposten zum anderen zu laufen und uns an- und abzumelden!" Na ja, man kann dazu stehen, wie man will – manchmal ist es schon zweckmäßig, aber letztlich nur eine vorgetäuschte Sicherheit, denn bei akuter „Seenot" ist sowieso keine Hilfe vor Ort, und man ist auf sich allein angewiesen. So haben wir stets darauf verzichtet.

Ab Fort Simpson sind alle Siedlungen nur noch per Flugzeug zu erreichen und bestehen aus einer Uferstraße und vielleicht aus einem abzweigenden Weg, der sich dann irgendwo im Gelände verliert. Trotzdem stehen meistens zwei, drei Wagen herum und an der Weggabelung ein zerbeultes, halbverrostetes Stoppschild.

An der Mündung des Grat Bear River wollten wir endlich einen Tag Rast machen. Das Ufer war zwar ziemlich steil, aber gleich dahinter befanden sich bewaldete Felsen, die zu einer Wanderung einluden. Die Entscheidung war goldrichtig. Von einem starken Sturm wurden wir am nächsten Morgen geweckt, und ich dachte, jetzt auf dem Great Slave Lake, das wäre tödlich.

Die meisten Kanuten ersaufen nicht bei einer Kenterung, sondern sterben durch Unterkühlung, denn die Ufer sind weit und das Wasser von geringer Temperatur. Wir saßen fest. Immer höhere Wellen jagte der Sturm über die Ufer.

Zweimal mussten wir das Lager versetzen und etwas weiter oben wieder aufbauen. Alles geriet in Schieflage, und der Sturm konnte nun kräftig zupacken. Der Weltempfänger sollte uns die Zeit etwas vertreiben, aber er gab nicht viel Verständliches her. Nur heute bekamen wir die Deutsche Welle für drei Minuten mit der Meldung: „In ganz Deutschland sonnig und 24 Grad!" Nachts gegen 2 Uhr gab der Sturm stets etwas nach, und so beschlossen wir: Abmarsch morgen Nacht 2 Uhr. Mutig schoben wir das Kanu über die Brandung und warteten auf die Flaute, die aber nun heute ausgerechnet nicht kommen wollte. Mit voller Kraft paddelten wir. Trotz härtester Arbeit kühlte der Körper aus, die Wellen schlugen ins Boot und das dämmerige, fahle Licht der Nacht schlug aufs Gemüt. Die Kräfte ließen nach. Alles Verfügbare hatte ich angezogen. Die um den Oberkörper gewickelte Decke brachte auch keine Verbesserung, auch wenn ich nun aussah wie ein Indio im mexikanischen Hochland. Lichter flackerten am Himmel und jagten ballgroß über uns hinweg, sodass jeder bekehrte Ufo-Anhänger hier wieder seinen Glauben gefunden hätte.

Nein – für mich ist Schluss, spätestens in Norman Wells, dem nächsten Ort mit Landebahn. So was muss nicht sein – wirklich nicht! Im nächsten Flussbogen verstärkte sich der

-Zwei Pisten, ein Stoppschild ↑-
-Kälte, Wind und Wellen ↓-

Wind. Er kam nun direkt von vorn. Ich schaute zum Ufer und sah, dass wir uns nicht mehr vorwärtsbewegten. Der Wind presste uns an die Böschung. Wir hatten nichts mehr entgegenzusetzen. Der Fluss spuckte uns regelrecht aus. Vollkommen machtlos waren wir, und als ich in den Schlafsack kroch, hätte mich kein Grizzly wecken können.

Bei der Weiterfahrt dann, waren die Wellen noch hoch, aber der Wind ließ etwas nach. Die ersten Häuser von Norman Wells kamen in Sicht, und wir fuhren an den kleinen, künstlich angelegten Flussinseln mit den Ölpumpstationen vorbei. Die dort beschäftigten Arbeiter blickten auf und winkten zu uns herüber. Wir hatten gewonnen, kamen uns wie Sieger vor oder wie nach einem 3.000 Meter-Lauf, meiner Pflichtdisziplin beim Sportverein. Auch hier stirbt man mindestens dreimal, allerdings auf der Aschenbahn und man schwört sich jedes Mal, diese Quälerei nicht mehr mitzumachen.

Normann Wells ist eine reine Industriestadt mit ca. 700 Einwohnern und liegt auf der rechten Flussseite. Bereits Mackenzie bemerkte bei seiner Flussbefahrung 1798 hier das aus den Boden offen austretendes Öl. Aber erst 1919 wurden die ersten Bohrungen durchgeführt und eine Raffinerie erstellt. Der zweite Weltkrieg forcierte den Abbau. Durch eine Pipeline schicken heute über 60 Quellen ihr Öl nach Alberta. Trotzdem ist man schnell vorbeigefahren und froh, den hin- und herjagenden Arbeitsbooten mit ihren brummenden Motoren, der herrschenden Betriebsamkeit entronnen zu sein.

Auf einer mit etwas Gras bewachsenen, ebenen Fläche saßen wir bequem gegen einen Baumstamm gelehnt und tranken unseren Kaffee. Gegenüber, am fernen Horizont, ein lang gestreckter, von der Sonne beleuchteter Höhenzug, die Kulisse eines Heimatfilmes. Schnell sammelte man wieder Kräfte, vorbei die Gedanken an Aufgabe und Niederlage.

Die Paddelbewegungen liefen rein mechanisch ab, man merkte sie nicht mehr. Jeder hing seinen Gedanken nach beim Anblick der vorbeiziehenden Ufer. So wurde das deutlich sichtbare Schild mit dem Hinweis „Danger- Sans- Sault-Rapids" ignoriert. Irgendwie hatten wir es im Dauerregen, der bereits heute Morgen einsetzte, nicht wahrgenommen. Rechts wurden wir von einem offenen Motorboot überholt. Die Frau schützte sich mit einer Plastikplane vor dem Regen. Der Mann saß mit hochgeschlagenem Kragen verfroren und zusammengesunken am Steuer. Sie entfernten sich schnell und hielten auf das Ufer zu. Wir konnten verfolgen, wie sie das Boot aufs Land schoben, einige Sachen entnahmen und eilig zum nahe stehenden Blockhaus gingen, um darin zu verschwinden. Schon bald stieg Rauch aus dem Schornstein. Fasziniert waren wir von diesem Anblick und konnten uns genau ausmalen, wie sie sich am Ofen aufwärmten, ihre nassen Sachen auszogen und Kaffeewasser aufsetzten. Mit dem Zuruf: „Mensch, merkst du nichts?" wurde ich aus meinen Träumen gerissen. Das Boot nahm immer schnellere Fahrt auf und lief mit „voller Kraft" auf die Rapids zu. Jetzt aber los, höchste Eile war geboten, um die kleine, sich links abzweigende Strömung noch zu erreichen. Nur langsam und kraftaufwändig ließ sich das Boot in die Abzweigung bugsieren, die im großen Bogen mit schnellen, aber gefahrlosen Wassern sich wieder dem Hauptarm anschloss. Breit wurde der Fluss. Wie ein großer See lag er vor uns. Die Ufer lagen weit auseinander und irgendwo da hinten, noch nicht durchs Fernglas zu erkennen, sollte der Fluss ein kleines Schlupfloch haben, sich auf fünfzig

Meter zusammenpressen, um als Wildwasser eine kilometer-lange Schlucht zu durchlaufen. Die Ramparts kamen näher, eine lange Felswand zeigte uns die Öffnung. Was hatten wir für ein Glück, strahlend blauer Himmel, ein schmaler Tunnel, eingerahmt von über 80 m hohen, steilen Felswänden ergab ein unerwartetes, faszinierendes Bild. Von schneller Strömung wurden wir erfasst und mitgetragen, dann rechts ein Wasserfall aus 20 oder 30m Höhe. Staunend saßen wir im Boot, genossen die Einmaligkeit, und die hohen Felswände, die hin und wieder etwas loses Gestein herunterrieseln ließen. Am Ende der Stromschnellen lag Fort Good Hope. Gegründet als Handelsposten 1805 mit ca. 360 Einwohnern, zumeist Hareskin- Indianern, die sich nach der Gründung hier niederließen, und einigen Weißen, die einen Laden und ein Hotel bewirtschafteten. Es wäre nun ungerecht zu sagen, die Weißen verrichten die Arbeit, und die Indianer leben in den Tag hinein. Sie sind nun mal Jäger und Fischer, verkaufen Fälle, bauen Blockhäuser, verwerten das angeschwemmte Holz, schonen somit den Wald und züchten rassige Hunde. Im Winter unternehmen sie mit den Schlittenhunden weite und nicht ungefährliche Jagdausflüge und füllen ihre Lebens-mittelvorräte auf. Ein erlegtes Tier erfordert mehrere Trans-portfahrten, denn schnell ist die mögliche Last ausgeschöpft. Keinem Indianer würde es im Traum einfallen den Schlitten zu überladen und diese menschenfreundlichen Tiere, von deren Leistungsfähigkeit auch sein Leben abhängen kann, zu überfordern. Aus erster Hand haben wir ihr bescheidenes und entbehrungsreiches Leben kennen gelernt.

-Hohe Felswände begleiteten die Schlucht-

Ein etwas ansteigender Weg führte zum Laden. Wir ergänzten unsere Vorräte, besuchten die kleine Kirche und den Friedhof. Unten am Ufer saß eine junge amerikanische Familie mit zwei kleinen Kindern und auffallend gelangweilten, unzufriedenen Gesichtern. Die Kinder kratzten ihre Mückenstiche und wussten nichts mit sich anzufangen. Ich konnte mir den bunten Prospekt mit den schönen Bildern so richtig vorstellen: Erleben sie einen Urlaub in der Wildnis, erleben Sie die Natur hautnah in absoluter Abgeschiedenheit – es wird ein großartiges Erlebnis sein! Sie ließen uns nicht aus den Augen, beobachteten jeden Handgriff. Ein kurzer Gruß und schon saßen wir im Boot, packten einige neu erworbene „Delikatessen" aus und sahen zurück, wo vier einsame Gestalten am Ufer stehend immer kleiner wurden und nach ein paar Minuten war von Fort Good Hope gar nichts mehr zu sehen.

„Gute Strömung links", hörte ich, wir fuhren in einen, sich im Horizont verlierenden Flussarm ein. „Was ist das da vorne, das kann nicht möglich sein!" Ein dickes Seil spannte sich über den Fluss, es hing höchstens einen Meter über der Wasseroberfläche. „Es kann nur ein Starkstromkabel sein!" In dieser menschenleeren Gegend einfach durchs Gelände gezogen, dachten wir, zu gefährlich, um weiter zu fahren, aber dann war es plötzlich verschwunden. Ganz hinten rechts eine Spundwand, ja, deutlich zu sehen und davor ein größeres Schiff, wie ist das bloß dahin gekommen? Höchstwahrscheinlich ein militärischer Stützpunkt mit Versorgungsschiff der kanadischen Armee.

„Fahr links weiter!"

„Aber vielleicht ist es auch ein Fliegerhorst der Bundeswehr, die sollen hier ja auch üben", rätselten wir.

„Vielleicht mit Bier und Schwarzbrot?"

„Fahr mal doch lieber rechts weiter!"

Aber plötzlich war auch diese Luftspiegelung verschwunden. Vier Wochen waren wir nun unterwegs und hatten schon längst den Polarkreis überschritten. Auf der Karte war ein Handelsposten eingetragen. Den wollten wir noch heute erreichen. Eine sandige Landzunge mit heraustretendem, klarem Bach fanden wir dort vor. Eine wunderschöne Ecke. Genau das richtige für uns, aber das dachten nicht nur wir, sondern auch die Braunbären, was die mächtigen Abdrücke im Sand bewiesen. Ohne lange zu überlegen, ging einer 50 m nach links und der andere 50 m nach rechts, um auszutreten bzw. das Revier abzustecken. Vielleicht hilft's ja. Wir glaubten an diese Methode und bisher wurde diese „Grenzziehung" anscheinend auch immer respektiert. Zwei verlassene Blockhäuser standen weiter hinten im Gelände. Eines davon war auseinander genommen, total zerfetzt. Das musste gerade passiert sein, denn die Bärenspuren waren frisch, die Fasern der gesplitterten Balken hell. Sicherlich befanden sich Nahrungsmittel im Haus. Kleidungsstücke lagen im Gelände zerstreut. Hier fühlte sich ein Bär so richtig wohl. Mit zwei Schüssen aus meiner Flinte bekräftigte ich nochmals unseren Anspruch auf diese Ecke. Wir fuhren den klaren Bach hinauf, bis die starke Gegenströmung ein weiteres Vordringen verhinderte. Überall standen große Hechte. Wir hielten ihnen die Haken direkt vors Maul. Erst bewegten sie sich ganz langsam, um dann plötzlich vorzuschnellen und zuzuschnappen. Wenn sich einer unschlüssig war, hätte man auch von hinten schieben können. Wegen dieser beliebten Bärenecke waren wir äußerst vorsichtig. Wir filetierten die Fische auf der gegenüberliegenden Seite des Baches, wuschen Gerät

-Wir hielten ihnen die Haken direkt vors Maul-

und Töpfe gründlich und errichteten auch die Feuerstelle etwas weiter weg vom Lager als sonst üblich. Eine üppige Mahlzeit hatten wir, und als gerade die ersten Stücke durchgebraten waren, tauchte ein Motorboot auf. Ein richtiges vornehmes Touristenmotorboot, picobello sauber mit gepolsterten Ledersitzen. Die paarweise hintereinander sitzenden Passagiere mit schneeweißen Kappen und warmen, teuren Anzügen. Der vorne sitzende Reiseleiter deutete auf uns, und wie auf Kommando drehten sich acht Köpfe in unsere Richtung, und wir wurden wie Exoten betrachtet. Wir waren eine willkommene Abwechslung für sie, und ich konnte mir den Kommentar des Reiseleiters vorstellen. Es dauerte nicht lange, und das Motorboot fuhr nun stromabwärts. Der Fahrer nahm das Gas weg und kam näher ans Ufer heran. Jetzt hatten alle Ferngläser zur Hand, und wieder drehten sich die Köpfe zu uns herüber.

„Die werden doch wohl nicht anlanden und uns in den Kochtopf gucken."

„Da hab mal keine Angst, die machen sich die Füße nicht schmutzig", bemerkte ich, und sollte Recht behalten.

Der Buschpilot, der uns entdeckte, kam tief herunter und wackelte mit seiner kleinen Maschine, was sich am nächsten Tag nur ein paar Kilometer flussabwärts wiederholte. Er freute sich regelrecht, und wir winkten mit dem Paddel zurück. Hin und wieder war der Hauptstrom mit einer Boje gekennzeichnet. Rechts am Hang lagerten einige Austauschbojen. Davor stand ein Schild mit der Aufschrift; Eigentum des Kanadischen Staates, bitte nicht beschädigen. Wie würde wohl die Aufschrift eines solchen Schildes in Deutschland lauten? Wir reimten uns einiges zusammen und lästerten über das große Eingangsschild bei uns am Park mit den Angaben:

-Tief kam das Flugzeug herunter ↑-
-Bär mit Eigenheim ↓-

Es ist verboten: Picknick zu machen,
die Wege zu verlassen,
Unrat wegzuwerfen,
zu angeln,
Motorfahrzeuge zu benutzen,
Hunde frei laufen zu lassen,
Anpflanzungen vorzunehmen,

und darunter hatte ein Spaßvogel geschrieben: „Cannabisanbau ist auch verboten!"

Um den heutigen Sonntag etwas hervorzuheben, machten wir eine längere Mittagspause. Mit etwas Milchpulver war der letzte Schokoladenpudding gerade aufgesetzt, als ein Motorboot anlandete und ein Indianer auf uns zukam. Mein Sohn wollte sich totlachen, weil ich ihm gerade erklärt hatte, dass es mit noch nie möglich war, meinen Lieblingspudding irgendwo auf der Welt in Ruhe zu genießen. Immer kam irgendetwas dazwischen. Der Indianer sprach kein Wort, und meine Befürchtungen trafen nicht ein. Er wollte keinen Pudding, er wollte keinen Kaffee, er stand nur da, und hin und wieder zitterte er am ganzen Körper. Mir ging ein Licht auf, Whisky brauchte er dringend und war somit als neuer Kunde für Dr. Oetkers Schokoladenpudding nicht zu gewinnen.

Auf der ganzen Reise hatten wir, abgesehen von den wenigen Siedlungen und dem Schubschiff, nur drei Begegnungen auf dem Fluss, und zwar mit dem Motorboot vor den Stromschnellen, mit dem Touristenboot und mit dem Indianer. Aber daran war wohl der Pudding schuld. Es war nun 24 Stunden lang hell. Wir blieben aber bei unserem Rhythmus, morgens aufzustehen und abends in den Schlafsack zu kriechen, obwohl es durch die Sonne im Zelt manchmal ziemlich warm wurde. Heiß wurde es, der Fluss breit und langsam. Die Sonne brannte unbarmherzig auf die glatte, ruhende Wasserfläche. Der Wassersack kochte regelrecht. Wir wurden träge, bekamen die Arme kaum noch hoch und merkten, dass die Kräfte nachließen. Aber wir waren noch lange nicht am Ziel.

Die Siedlung „Little Chicago" gab es wohl nur auf der Karte. Weit und breit war nichts davon zu sehen. Ein kleiner Betonpfahl ohne Sinn und Zweck ragte in die Luft, und ein bewachsener, fast nicht bemerkbarer Pfad führte ins Hinterland. Der Düsenjet oben am blauen Himmel flog gen Norden, hinterließ einen weißen Kondensstreifen und war deutlich zu sehen.

„Die trinken da oben Kaffee und würden es noch nicht mal merken, wenn wir hier unten verrecken", hörte ich meinen Vordermann knurren.

„Wie auf dem Ganges", stöhnte ich zurück, „nur dass die halbverbrannten menschlichen Überreste hier fehlen." Dafür planschte aber gerade ein Biber neben unserem Boot, führte zirkusreife Kunststücke vor, tauchte weg, kam mal links und mal rechts wieder zum Vorschein, sah uns mit seinen klaren, braunen Augen herausfordernd an und begleitete uns lange. Flinke, bisher nicht gekannte Stechfliegen besuchten uns. Ihre Stiche waren unangenehm und juckten tagelang. Noch unangenehmer waren die Bremsen, dreimal so groß wie unsere einheimischen. Beide Sorten hatten die Angewohnheit, sich meistens die Stellen auf dem Rücken auszusuchen, die man nicht erreichen kann. Man musste schon kräftig auf die Biester draufhauen, um eine tödliche Wirkung zu erzielen. Die großen, bunten Libellen hingegen waren unsere Freunde. Sie fraßen die Bremsen, und man konnte in der absoluten Stille hören, wie sie die Chitinpanzer zerknackten.

Es vergingen noch ein paar Tage, bis wir Arctic Red River, am linken Flussufer liegend, erreichten. Die Indianer-Kooperative bot acht Betten in zwei Zimmern an und lockte mit Bootsauflügen auf dem Arctic Red River, der hier in den Mackenzie mündet. Die kleine Siedlung hat ca. 110 Einwohner. Eine hübsche Kirche fällt ins Auge ebenso die vielen Schlittenhunde auf einer ebenen Fläche davor. Ein Indianer verkaufte fangfrischen Fisch direkt aus dem Boot.

Gleich hinter der Siedlung überquert eine Fähre den Fluss und macht die Befahrung des Dempster Highways von Dawson City bis nach Inuvik möglich. Im Winter ist eine Befahrung dann über den zugefrorenen Fluss bis an das am Eismeer liegende Tuktoyaktuk möglich. Die Strecke folgt einem ehemaligen Hundeschlittenpfad und besteht teilweise aus lehmdurchsetzten Schotter. Sie soll landschaftlich sehr schön, aber nur beschwerlich zu befahren sein.

Beim nächsten Nachtlager hörten wir die knirschenden Fahrgeräusche der großen Reisebusse und Trucks. Nur noch einen Katzensprung bis zum Ziel, dachten wir. Aber weit gefehlt. Die Fahrt durch das nun bald beginnende Delta sollte sich als sehr zeitaufwendig erweisen. Zunächst mussten noch einmal die Wassersäcke aufgefüllt werden. Wir fanden einen klaren Bach, der eine kleine grüne Talsenke durchlief. Zwei halbfertige Blockhäuser und ein fertiges Toilettenhäuschen standen hier. In der Mitte eine Holzstange, an deren Spitze einige rote Plastikstreifen flatterten, womit man sagen will: „Haut ab, die Stelle hier ist besetzt."

Mit größter Aufmerksamkeit beobachteten wir das rechte Ufer, um nicht das auf der Karte vermerkte Vermessungszeichen zu verpassen. Denn der dort abgehende Arm würde uns zumindest die richtige Richtung im riesigen Deltagebiet anzeigen. Es war aber doch reiner Zufall, dass wir das unscheinbare Holzkreuz entdeckten, worüber wir uns freuten. Denn wir fühlten uns nun etwas sicherer und glaubten, das Ziel ohne große Umwege zu erreichen. Oben an der Abbruchkante stand ein halb unterspültes Blockhaus. Jeden Moment drohte es in den Fluss zu stürzen. An einer Hausecke saß ein dicker Bär. Es sah wirklich so aus, als ob er dort wohnen würde und uns zum Frühstück einlud. Beinahe wären wir nach oben gegangen, aber dann erinnerten wir uns an unseren Spezialisten, den Blockhausknacker und blieben doch lieber im Boot.

Die Mücken wurden zur Plage. Es waren besonders große Exemplare, die nun auch während der Fahrt nicht mehr von unserer Seite wichen. Sie krochen in jede Öffnung, mit Vorliebe in die Ohren, und beim Luftholen hatte sie man fast in der Lunge, was jedes Mal einen Hustenanfall auslöste. Auch die Tiere leiden stark darunter, und so manches Karibu geht dadurch sehr qualvoll zugrunde. An Land zu gehen, um auszutreten, war gar nicht mehr möglich. Man musste abends schon ein blakendes Lagerfeuer entfachen, und den Allerwertesten in den Rauch halten, um das Geschäft erledigen zu können. Jetzt sah man nicht nur so aus, sondern roch auch wie ein Strauchdieb.

Heute hatten wir noch einmal Glück. Auf einer kleinen, festen Landzunge, die sich an einem ca. 5 m breiten Durchlass zu einem glasklaren See befand, errichteten wir unsere Lagerstätte. Ein größerer Vogel gesellte sich zu uns. Er hatte gar keine Scheu und ließ sich beim Abendbrot füttern.

Verträumt und einsam lag der kaum mannstiefe See hinter uns, eingerahmt von hügeligem Grasland und einigen Fichten. Ein zur Landung ansetzendes Flugzeug hinter einer Bergkette machte uns darauf aufmerksam, dass unsere abenteuerliche

Reise langsam zu Ende ging. Tief stand die Sonne am Horizont, und jeder hing seinen Gedanken nach.

Die ruhige und erholsame Nacht reichte nicht aus, die alten Kräfte wieder herzustellen. Lustlos paddelten wir an nunmehr stark verschlammten Ufern entlang, und auch die ersten Geräusche des Ortes, sowie die ersten kleinen Häuser von Inuvik, Eindrücke, die sonst immer die letzten Kraftreserven mobilisierten, lösten keine besondere Aktivität bei uns aus.

Inuvik – Ort der Inuit – mit ca. 3.500 Einwohnern, ist eine künstliche Stadt und wurde vom Staat 1954 gegründet. Es sollte damit ein Siedlungsschwerpunkt für die im Delta zerstreut lebenden Inuit und ein Ersatz für die am Ostufer vom Hochwasser ständig bedrohte Stadt Aklavik geschaffen werden. Aber auch durch den Bau von Reihenhäusern mit Kühlschrank und Fernsehern ist bis heute Aklavik nicht gestorben, und viele Eskimos ziehen es vor, weiter im Delta zu leben. Schön sah die Stadt wirklich nicht aus. Die Häuser ruhten wegen des Permafrostes auf Stelzen, und die Heizungsrohre verliefen aus dem gleichen Grunde überirdisch. Arbeit gibt es nur wenig, und, ihrer natürlichen Aufgabe beraubt, erliegen viele Eskimos dem Suff ohne Unterschied, ob Mann oder Frau. Andererseits war eine große Schule vor Ort, eine sehenswerte, im Iglu-Stil gebaute Kirche, ein Airport etwas weiter außerhalb sowie alle notwendigen Versorgungseinrichtungen und zwei größere Hotels, das „Eskimo Inn" und das „Mackenzie Hotel", welches in unserem Falle noch eine besondere Rolle spielen sollte und vor dem immer Walter Wilkomm stand. Aber davon später.

Der große Ölkessel vom Kraftwerk stand schon fast am Ende der Siedlung. Es hatte anscheinend keinen Zweck, weiter auf einen festen Uferbereich zu hoffen, der dann aber doch hundert

Meter weiter anzutreffen gewesen wäre. Auch einige Boote, die hier lagen, verführten uns, an Land zu gehen.

Soweit es ging, fuhren wir in das matschige Ufer hinein, befanden uns aber noch meterweit vom festen Grund entfernt, als sich das Boot nicht mehr bewegen ließ. Ich sprang hinaus und steckte bis zu den Knien im Dreck, verlor das Gleichgewicht und fiel der Länge nach hin. So eine verfluchte Sauerei - ich war am Tiefpunkt angelangt.

„Mach was du willst", schimpfte ich aufgebracht, „für mich ist Schluss, ich fass nichts mehr an, lass alles liegen – aus und vorbei."

Der Mann am Ufer, ein Vertreter des reiselustigsten Volkes der Welt, ein Holländer, wer sonst, konnte sein Lachen kaum unterdrücken, begrüßte mich und sagte: „Ist doch nicht so schlimm, ist anderen auch schon passiert, gleich hier oben ist ein Hotel." So marschierte ich, mit Schlamm bedeckt, den schmalen Weg hoch bis zum „Mackenzie Hotel" und dort empfing mich Walter Willkomm.

Mein Gott", sagte er, „wo kommst du denn her?"

„Na, vom Fluss", antwortete ich.

„Was soll ich bloß mit dir machen?"

Doch dann gab er mir trotz meines Zustandes, als verpflichteter Landsmann, das beste Zimmer im Hotel, d.h. zwei Zimmer mit Whirlpool zum halben Preis. Ich ging die Hoteltreppe hinauf, hinterließ auf dem Teppich deutliche Spuren, was mir, trotz meiner ziemlichen Kraftlosigkeit, äußerst peinlich war. Und die Frau, die oben am Geländer stand, ließ vor Schreck den Putzlappen fallen, als sie mich sah.

Ich lag im Whirlpool und ließ gerade zum dritten Mal frisches Wasser nachlaufen, als mein Sohn mit dem ersten Packsack erschien und mir eine Strafpredigt hielt: „Merke es dir, für einen Wasserfahrer ist die Fahrt erst dann beendet, wenn Boot und Ausrüstungsgegenstände gesäubert und geborgen sind!"

Na so was – wusste ich noch gar nicht! Aber kurze Zeit später war er sprachlos, nämlich als ihn Walter direkt fragte: „Bist du verheiratet? Wie alt bist du?" Und da die Fragen zufrieden stellend beantwortet wurden, fuhr er fort: „Dann besuchst du meine Tochter Heidi, die weiß nämlich bis heute noch nicht, wofür sie das „Ding" hat."

Walter war äußerst hilfsbereit und kümmerte sich um jeden Landsmann ganz besonders. Er musste mit 14 Jahren seine Heimatstadt Danzig verlassen, was er wohl nie richtig verkraftet hatte. Er hatte immer noch Heimweh, was überall zum Ausdruck kam. Dann lernte er in Bremen das Dachdeckerhandwerk und landete hier in der Arktis. Dachdecker wurden dringend benötigt und so deckte er alle Dächer der öffentlichen Gebäude, verdiente dabei gutes Geld, und so manches Dach trägt den Namenszug „Danzig". Er hatte beim Laufen Schwierigkeiten, Folgen seiner vielen Stürze mit umfangreichen Knochenbrüchen. Dann baute er sich dieses Hotel, besitzt nun mehrere Häuser und ist ein reicher Mann. Er zeigte uns nicht ohne Stolz das ganze Haus. Die Gaststätte, den Frühstücks- und Leseraum und die Bar, die mit Stadtansichten aus Danzig dekoriert war. Dann gab er ein Bier aus und schwelgte in Erinnerungen. Die Frau an der Rezeption bekam von ihm zum Geburtstag einen Blumenstrauß. Drei Nelken waren es, drei verirrte rote Nelken in der Arktis. Sie war ganz verzückt. Wir brachten ihr ein Ständchen, sangen, „Happy birthday to you" und gehörten nun richtig zum Hotel.

Wir schlenderten die Straße hinunter, betrachteten die Auslagen der kleinen Shops, die zumeist Textilien, Pelze und Volkskunst anboten. Für meine Frau erwarb ich eine Biberpelzmütze, die sie nie aufsetzt, weil man mit so einem Ding nicht durch die Gegend laufen könne, so erklärte sie mir. Wir kamen an der Touristinformation vorbei, wo man geführte Kanutouren und im Winter Hundeschlittenfahrten buchen kann. Dann besuchten wir Heidi, die auch einen kleinen Laden hatte. Sie war eine hübsche junge Frau, wir flachsten mit ihr etwas herum und bekamen den Eindruck, dass sie sehr wohl von vielen „Dingen" dieser Welt eine Ahnung hatte.

Die kleine Stadt war schnell besichtigt, und so standen wir mit Walter vor dem Hotel. Er begrüßte oder verabschiedete seine Gäste, die von großen Reisebussen herangekarrt wurden und nach kurzem Aufenthalt die gleiche Tour zurückfuhren, denn es gab ja nur diese eine regendurchweichte Schotterpiste hierher. Er schimpfte immer wieder über das blöde arktische Wetter. Morgens wird man geröstet, abends gefrostet oder umgekehrt und dazwischen immer wieder Regen.

Dann kam ein völlig entnervtes und entkräftetes Radlerehepaar aus Bayern, das sich wohl ihre Radtour anders vorgestellt hatte, denn eine lose Schotterpiste war hierfür denkbar ungeeignet, aber bei Walter waren sie in guten Händen. Schnell organisierte er für sie eine Mitfahrgelegenheit im Truck. Mag einer über Inuvik denken wie er will. Wir hatten hier erholsame Tage und bedankten uns bei Walter Willkomm später noch einmal mit einer Flasche Danziger Goldwasser und erinnern uns heute noch gern an diese nette Episode und das Mackenzie Hotel.

MACKENZIE HOTEL

proprietors Hildegard & Walter Willkomm

Box 1618 Inuvik
Northwest Territories
Canada X0E 0T0

tel **403 979 2861** *fax* **403 979 3317**

* * *

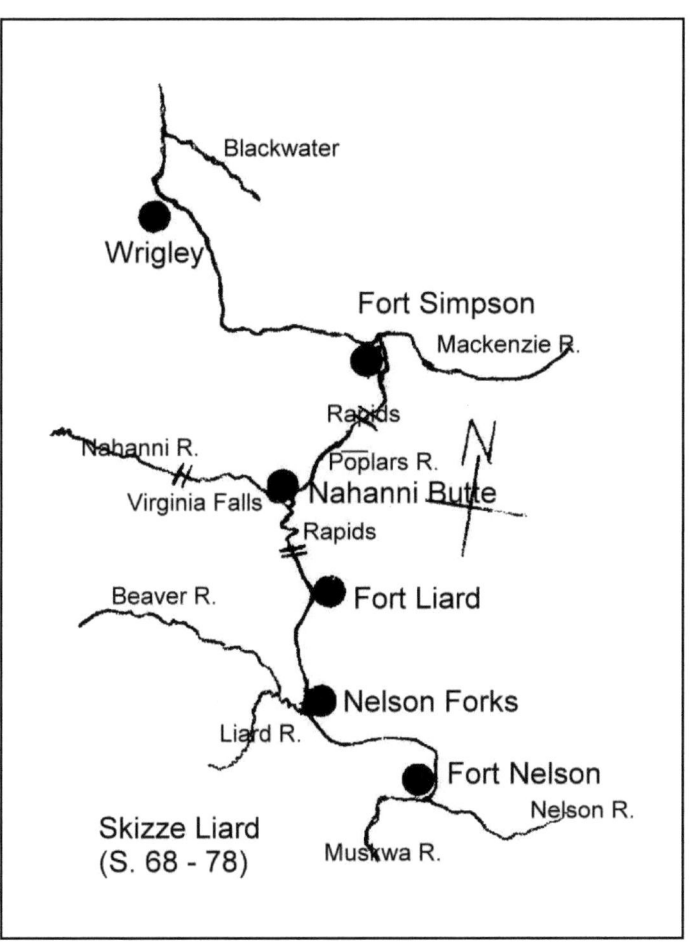

Blackwater

Wrigley

Fort Simpson

Mackenzie R.

Rapids

Nahanni R.

Poplars R.

Virginia Falls

Nahanni Butte

Rapids

Beaver R.

Fort Liard

Nelson Forks

Liard R.

Fort Nelson

Nelson R.

Skizze Liard
(S. 68 - 78)

Muskwa R.

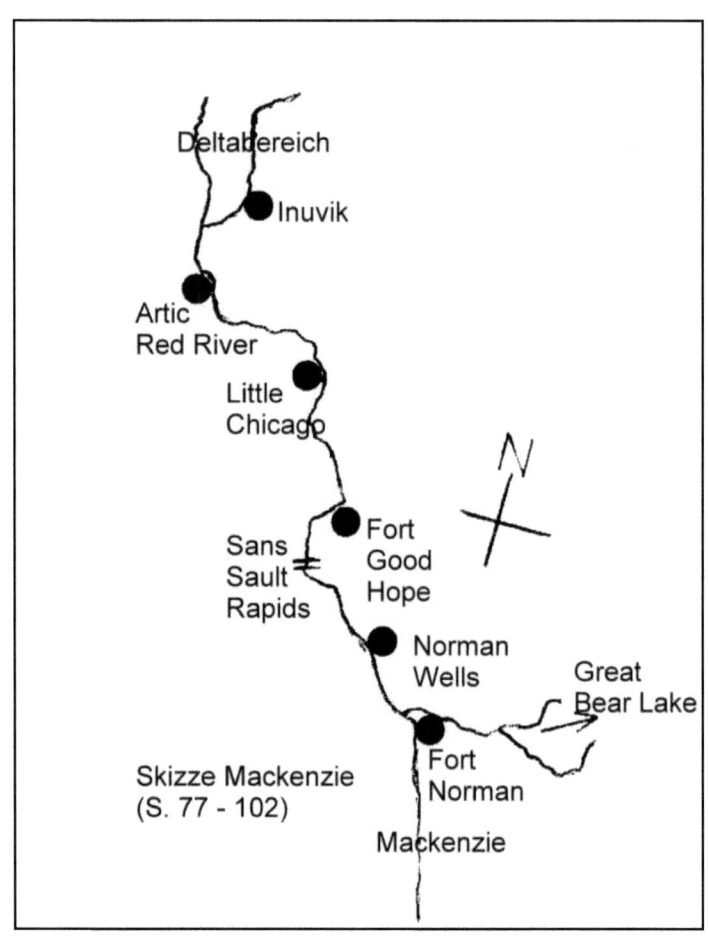

Deltabereich

Inuvik

Artic
Red River

Little
Chicago

Sans
Sault
Rapids

Fort
Good
Hope

Norman
Wells

Great
Bear Lake

Skizze Mackenzie
(S. 77 - 102)

Fort
Norman

Mackenzie

N

Wieder auf dem Yukon zwischen Whitehorse und Dawson City

-Alter Sternwheeler als Museumsschiff am Ufer von Whitehorse-

Yukongold, Yukonfieber! Wir waren schon längst infiziert von dieser Krankheit. Es heißt, wer einmal hier war, der kehrt immer wieder zurück, und wer weiß, vielleicht finden auch wir einmal beim Auswaschen des Kochgeschirrs riesengroße Nuggets im Fluss, so wie der erste glückliche Finder am Klondike.

Der Yukon hat Geschichte, tausend Legenden ranken sich um ihn, und das alles ist noch gar nicht so lange her. Naturbelassen, unverändert ist sein Bett und somit ein idealer Wanderfluss. 1897 war es, als zwei mit Gold beladener Schiffe, von Alaska kommend, in Seattle eintrafen. Die Nachricht verbreitete sich wie ein Lauffeuer in einer Zeit der wirtschaftlichen Flaute. Man brauche nur Sack und Schaufel mitzunehmen und schon sei man reich.

Tausende setzten sich über Land und Wasser in Bewegung. An die 7.000 Boote sollen 1898 besetzt mit Goldsuchern, den Yukon heruntergefahren sein. Unerfahrene, arme Teufel zumeist. Viele scheiterten bereits an den ersten Stromschnellen, andere bekamen nicht die erforderliche Ausrüstung zusammen und verdingten sich als Träger, Händler, Holzfäller. Reich sind nur wenige geworden und glücklich kaum jemand. Die harten Winter forderten ihre Opfer. Die besten Claims waren ohnehin vergeben. Die nachziehenden Banditen und die leichten Mädchen, forderten ebenfalls ihren Anteil vom „Reichtum". 2.200 km sind wir ja bereits auf dem Yukon gefahren, und mit dieser Fahrt sollten nun die restlichen ca. 800 km in gemächlicher Fahrt zurückgelegt werden. Gemächlich deshalb weil man, abgesehen von der reizvollen und schönen Landschaft an den Ufern immer wieder Relikte aus der Goldrausch-Ära entdecken kann. So hat sich dieses Teilstück zur klassischen Wanderstrecke entwickelt, die von einigen Kanuten jährlich befahren wird. Hiervon sollte man sich aber nicht abschrecken lassen, denn es hört sich schlimmer an, als es ist. Der Fluss hat hunderte von Armen und Inseln. Die wenigen Siedlungen und Sommercamps bekommt man kaum zu Gesicht und treibt an ihnen ahnungslos vorbei. Stets hat man den Eindruck, durch einsame Wildnis zu fahren. Wir sind auf dieser Tour, die je nach Unternehmungen und Aktivitäten zwischendurch, mit 2 - 4 Wochen zu veranschlagen ist, nur 3 - 4 Kanuten begegnet.

Ausgangspunkt war Whitehorse, die Hauptstadt des Yukon Territory, oder, besser gesagt, der etwas außerhalb direkt am Fluss liegende „Robert Service Campground". Die Stadt mit ihren ca. 24.000 Einwohnern wird durch einen Staudamm vor dem jährlichen Hochwasser geschützt. Die angestauten Wasser bedecken zum größten Teil die White Horse Rapids, die der Mähne eines weißen Pferdes ähnelten und der Stadt den Namen gaben. Das Yukon Territory hat eine Größe von 482.000 km² und ca. 30.000 Einwohner und ist somit wieder ein fast menschenleeres Land. Es liegt als Dreieck etwas eingeklemmt zwischen den Nachbarprovinzen Northwest Territories und British Columbia sowie einer schnurgeraden, künstlich herbeigeführten Trennungslinie zu Alaska. Das südwestlich liegende Teilstück hiervon durchquert der Yukon mit seinen vielen interessanten und ebenfalls zu Wanderfahrten einladenden Nebenflüssen. So ist der Big Salmon River über die South Canal Road etwa 136 km südlich von Whitehorse zu erreichen, wodurch sich aber die Reisestrecke nach Dawson nicht verlängert. Eine Alternative bietet auch der etwa 100 km weiter oberhalb liegende Pelly River mit dem Ausgangspunkt Ross-River. Weil aber der Pelly River erst nach den Five Finger Rapids den Yukon erreicht, und diese wollten wir unbedingt befahren, blieben wir dem Yukon von Anfang an treu, was wir nicht bereuen sollten.

Zunächst war ein Fußmarsch mit Einkaufsliste in die Stadt angesagt. Gleich hinter dem Campground teilt sich der Fluss in mehrere, schnell fließende, mit scharfen Kurven versehene Flussarme auf. Vielleicht die Reste der ehemaligen gefährlichen Stromschnellen. Hier lagen auch schon die ersten Kanuten im Bach und fischten ihre Packsäcke aus den Fluten. Wir sahen mit gemischten Gefühlen zu, denn es war schwer zu verstehen, dass jemand hier kenterte. Vom Ufer aus war alles gut überschaubar, und so legten wir gleich eine für uns nicht so wild aussehende Fahrrinne fest.

Der Supermarkt lag ausgerechnet am anderen Ende der Stadt und bot vieles, aber vieles eben auch nicht. Jedenfalls das nicht, was man von Zuhause her gewöhnt ist, z.B. dunkles Brot, dem man in der Fremde immer nachtrauert und ohne das ein Mensch aus Germany eben nicht leben kann – und ein Bier, ein edles Bier, wollen wir erst gar nicht erwähnen.

Eine Axt und einen Angelschein, der für das ganze Yukon Territory gültig war, erwarben wir auch. Wohlgemerkt einen Angelschein, denn ich wurde wegen meiner Angelkünste nur zum Assistenten erklärt.

Der ganze Krimskrams war ziemlich schwer, und so fuhren wir mit dem Taxi zurück. Dann wurde umgepackt. Verflixt noch mal, wo ist das Toilettenpapier? Vergessen!

Jetzt noch mal den langen Weg zurück in Stadt? Nein, bloß nicht das. Aber ohne Papier geht es wirklich nicht. Der Platzwart verstand sofort. Wir waren anscheinend nicht die ersten, die danach verlangten. Er gab uns eine Rolle von mindestens 4 kg und 40 cm Durchmesser. Wir hätten damit um die ganze Welt fahren können. Dann endlich war es soweit, hinein in den Flussarm, den wir uns ausgeguckt hatten. Vorbei am Sternwheeler Klondike, der als Denkmal zu besichtigen ist, und durch die einzige Brücke von Whitehorse. Danach schnellfließendes, aber ruhiges Wasser. Am Ufer standen drei Indianerfrauen mit Bierdosen in den Händen und wünschten uns, leicht beschwipst und übermütig, eine gute Fahrt.

Schon am zweiten Tag erreichten wir Lake Laberge, der mit einer Länge von 50 km die erste, aber auch letzte große Anstrengung dieser Tour darstellt. Am Eingang des Sees einige

-Fernsicht vom Lake Laberge-

Pfahlreihen aus der Zeit der Fluss-Schifffahrt und, an der linken Uferseite liegend, das verlassene Indianerdorf Upper Laberge Überbleibsel des Goldrausches. Dann verlangten flaches Wasser und einige Sandbänke volle Aufmerksamkeit. Wegen der weiten Wasserfläche und der damit verbundenen unberechenbaren Winde blieben wir hart an der östlichen Uferseite. Die Entscheidung war richtig und der Wind günstig für uns, wenn auch noch recht kalt. Nach zwei Tagen anstrengender Paddelei zeigte uns ein vorbeipreschendes Motorboot den etwas versteckt liegenden Ausgang des Sees an. Bis zum Einfluss des Teslin River nennt sich dieser Flussabschnitt Thirty Mile River und ist eine echte Überraschung. Das Herz jubelt. Über einem kiesigen Untergrund plätschert das klare Wasser bergab.

Nach dieser Seenfahrt jetzt nur noch Kurs halten zu müssen war wohltuend. Die Angel brauchte nur kurz ausgeworfen zu werden und schon zappelte eine Forelle am Haken. Ein Luchs, am Ufer sitzend, machte keine Anstalten aufzuspringen. Durch seine Schlitzaugen betrachtete er interessiert die vorbeitreibende Fracht. Die sandigen Flussufer und die zuführenden Bäche mit weit ausladenden, vorgeschobenen Kiesbänken machen es leicht, einen geeigneten Lagerplatz zu finden, wo man in Ruhe seine Fische zubereiten und genießen kann. Das Herz jubelt. Über einem kiesigen Untergrund plätschert das klare Wasser. Der Abend vergeht dann viel zu schnell, und man nimmt von einem so schön gelegenen Platz nur ungern Abschied.

Schon am nächsten Tag, dem fünften Paddeltag, erreichten wir den Zufluss des Teslin River. Einmündungen erfordern immer etwas Aufmerksamkeit, denn alle größeren Flüsse schleppen Geröll und Baumstämme mit sich und lagern das meiste hier-

-Verdientes Abendbrot-

von im Deltabereich ab. Unter Wasser liegende Hindernisse warten darauf zu sorglose Kanuten in den Fluss zu kippen.

Gegenüber liegt das verlassene Indianerdorf Hootaliunqua mit erhaltenen Hütten und erhaltener Polizeistation. Alles steht unter staatlichem Schutz, wie auch andere übrig gebliebene Einrichtungen am Fluss: Hundeschlittenstationen, gut erhaltene Blockhäuser, Holzfällercamps und alte Holzstationen für die Sternwheeler. Deutlich sichtbare Schilder am Ufer mit der Aufschrift „Historische Stelle" weisen auf die alten Relikte hin und laden zu einer Besichtigung ein. Alle 50 km mussten die Sternwheeler eine Holzstation anlaufen und „nachtanken".

Kurz nach der Einmündung des Teslin River folgt Shipyard Island. Hier wurden sie Schiffe zur Überwinterung und Wartung aus dem Fluss gezogen. Übrig geblieben ist der Dampfer „Evelyn". Ein Kesselschaden konnte nicht behoben werden und so liegt er hier seit hundert Jahren und wohl für die Ewigkeit und ist immer noch erstaunlich gut erhalten. Dieser eigenartige Schiffstyp mit dem Heckrad als Antrieb hat sich auf vielen unregulierten Flüssen bewährt. Wer denkt da nicht sofort an Tom Sawyer und Huckleberry Finn? Das Schiff war schmal und flach gehalten und brauchte nur eine Handbreit Wasser unter dem Kiel, um bewegungsfähig zu bleiben. Jeder Schraubendampfer wäre hier nicht weit gekommen.

Goldsucher waren gut beraten, mit einem Hochseefrachter von Seattle im Bundesstaat Washington an die Beringsee zu reisen und die zweitausend Flusskilometer nach hier mit einem Sternwheeler hinter sich zu bringen. Aber nur wenige konnten diese Möglichkeit aus Kostengründen nutzen.

Rechts erreichten wir die Einmündung des Big Salmon River. Im Mittellauf des Flusses wird heute noch Gold abgebaut, und

-Vergessen und von der Zeit überholt-

YUKON CROSSING

WINTER TRAVEL FROM DAWSON TO WHITEHORSE INITIALLY FOLLOWED THE YUKON RIVER ICE. INCREASED TRAFFIC LED TO THE REPLACEMENT OF THE TRADITIONAL DOGSLED WITH HORSES; THEN THE BUILDING OF THE OVERLAND TRAIL IN 1902 SHORTENED THE TRIP BY 160 KM. HERE, AT McKAY'S ROADHOUSE, THE ROAD CROSSED THE RIVER USING EITHER HORSE-DRAWN SLEIGHS OR FERRIES. "McKAY'S CROSSING" EVENTUALLY BECAME KNOWN AS YUKON CROSSING.

-Historische Stelle-

er ist nicht nur deshalb, wie schon erwähnt, ebenfalls ein interessanter Wanderfluss. Kurz dahinter stießen wir auf eine alte, verrostete, mechanische Goldwaschanlage. In diesem Flussabschnitt wurde immer wieder Gold gefunden. Dieses wird wohl aus dem Big Salmon und seinen Nebenbächen hierher gespült. Etwas weiter trafen wir auf das Wrack der „Columbian". Viel ist von ihr nicht übrig geblieben. Sie transportierte Dynamit. Es war streng verboten, geladene Waffen mit sich zu führen. Als ein Fahrgast aufgefordert wurde, seine Waffe zu entladen, löste sich ein Schuss. Mannschaft, Boot und Fahrgäste flogen in die Luft.

Eingerahmt wird der Fluss jetzt von sanften, wenig bewaldeten Hügelketten, die zu einer Wanderung einladen. Aber aufgepasst! Man muss sich schon genau die Stelle merken, an der das Boot vertäut ist und sich die Landschaft einprägen. Schon nach wenigen Schritten ist das Boot kaum noch zu erkennen. Belohnt wird man mit einem wunderbaren Weitblick in das Flusstal und in das Landesinnere.

Heute wieder ein kalter und regnerischer Tag. Die Zelte morgens waren mit Raureif bedeckt. An einem flach auslaufenden Bergrücken bemerkten wir einen alten Indianerfriedhof. Sie liegen stets abseits von den Siedlungen.

Die Gräber sind zumeist von einem weißgestrichenen Lattenzaun umgeben. Direkt auf dem Grab steht ein Seelenhäuschen, ebenfalls weiß gestrichen und oft sogar mit einem kleinen verglasten Fenster versehen. Ja, etwas unheimlich ist es schon, wenn man dort erwartungsvoll hineinblickt.

Dann ein Grab, von modernem Maschendraht umgeben. Ein Luchs hatte sich hier mit der Hinterpfote unglücklich verfangen. Pudelnass und abgemagert gebärdete er sich wie toll,

-Zerfallene Goldwaschanlage ↑-
-Und weiter geht's ↓-

legte die Ohren an, knurrte und fauchte, schlug um sich, zog kräftig an seiner Hinterpfote, die stark blutete. Es gelang uns aber, den Maschendraht auseinander zuziehen. Mit großen Sätzen sprang er den Hang hinunter. Er drehte sich nicht einmal um und von Dank keine Spur.

Die Siedlung Carmacks, benannt nach einem der Goldsucher, die den Goldrausch auslösten, hat ca. 400 Einwohner und alle Versorgungseinrichtungen.

Am Vormittag wollten wir sie nach eingehendem Kartenstudium erreichen. Aber irgendwas mussten wir übersehen haben, denn es kam keine Siedlung, nicht hinter der nächsten Kurve, nicht hinter der übernächsten Kurve und nicht hinter der dritten und vierten. Es war schon verrückt, aber so etwas lässt sich eben nicht erzwingen. Erst am späten Nachmittag erreichten wir sie. Nun standen wir wieder unter Zeitdruck. Den am Anfang der Siedlung liegenden Campground und Stützpunkt geführter Kanutouren ließen wir links liegen und steuerten gleich den etwas weiter unten liegenden Lebensmittelladen als Versorgungsstützpunkt am Highwaykreuz; Klondike Highway/ Campbell Highway an.

Boot vertäuen, leeren Packsack und Geld heraussuchen und ab zum Laden. Hier standen viele Wohnmobile, die ebenfalls versorgt wurden. Entsprechend voll war der Laden. Der geschlossene Raum, die Wärme, die vielen Menschen, und der Gedanke an das kaum gesicherte Kanu machten einen nervös und trieben uns Schweißperlen auf die Stirn – alles war unangenehm. Was wollten wir kaufen? Wo war es zu finden? Ziemlich konfus war unser Einkauf, und als wir später im Packsack eine Dose Muschelfleisch fanden, staunten wir nicht schlecht. Ein paar Meilen paddelten wir noch, um weit ab vom Trubel

- Friedhof mit Seelenhäuschen -

das Nachtlager aufzuschlagen. Morgen würden wir die Five Finger-Rapids erreichen, die für die damaligen unerfahrenen Goldsucher kaum zu überwindende Hindernisse darstellten. Wie viele hier ertrunken sind? Keiner hat sie gezählt. Vier nebeneinander liegende Felsmassive blockieren den Fluss und bilden fünf Durchlässe, wie die Finger einer Hand. Doch nur der rechte Kanal ist befahrbar.

Vom Klondike Highway führt eine Stichstraße zu den Fällen. Die oben errichtete Plattform ist immer gut besucht, denn kein vorbeifahrender Tourist lässt sich dieses Naturschauspiel entgehen. Der Fluss verengt sich nun, und an den Ufern befinden sich hohe, steile Felswände. In einer lang gestreckten Kurve klebten wir förmlich an der Felswand und konnten schon die aufgetürmten Hindernisse im Fluss erkennen. Die felsigen Ufer sind vom Wasser glatt geschliffen. Die Strömung ist sehr stark, ein Zurück unmöglich. Vielleicht zwei- bis dreitausend Meter vor uns ebenfalls ein Kanu. Auch hier saß man bewegungslos und angespannt im Boot, wie vor einer Hinrichtung.

Unaufhaltsam und immer schneller ging es voran. Fest wurde das Paddel gehalten, keine Zeit für Foto oder Fernglas. Bloß nicht in die Querströmung kommen, das Boot in der Mitte halten, nur in der Mitte, in der tiefen Rinne, ist die über hundert Meter lange Schussfahrt möglich. Von oben rief niemand „Gute Fahrt!" oder „Passt auf!", sondern, „Fahr mal nach links in die Wellen!" Ja, das könnte dir so passen, dachten wir, damit du dich aus sicherer Entfernung amüsieren kannst, wie zwei Kanuten kentern und dann um ihr Leben strampeln müssen.

Auch hinter den Stromschnellen verminderte der Fluss nicht sein rasantes Tempo. Es ging in flotter Fahrt weiter und wenn man sich umdrehte, sah man das großartige Bild der gewaltigen Wassermassen, die sich durch fünf Felstore hindurchzwängten.

Schon nach kurzer Zeit, die Aufregung hatte sich gerade gelegt, erreichten wir die Rink Rapids, die zweite große Stromschnelle des Yukon. Ganz rechts war ruhiges Wasser und Gelegenheit, sich die hochaufsteigenden Wellen in der Mitte des Flussbettes anzusehen. Immer wieder ist ein auffallender weißer Streifen im Steilufer zu sehen. Vor einigen tausend Jahren soll eine gewaltige Explosion einen ganzen Berg weggesprengt und das Land mit Vulkanasche überzogen haben. Nur einige Handbreit Humuserde hat sich seitdem darüber gebildet. Heute fanden wir die Stelle, an der man hätte Wurzeln schlagen können. Zwischen alten Bäumen stand eine gut erhaltene Blockhütte mit Ofen und Fenster. Wir begutachteten die solide Bauart eingehend und fanden eine unbeschädigte Whiskyflasche, eine Zink- und Waschpfanne und den dahinter ziemlich breiten, mit sauberem, klarem Wasser munter dahinplätschernden Bach. Ganz eindeutig, eine alte Goldwaschstelle. Wie verabredet zogen wir unser Geschirr aus dem Boot, und ohne ein Wort zu sagen, ging mein Sohn mit Spaten und Pfanne bewaffnet den Bach hinauf.

Unheimlich wurde es mir. Hat es ihn jetzt erwischt? Ist das der berühmte Goldrausch? Wird er den Verstand verlieren, Flinte und Verpflegung verlangen und mich in die Wüste schicken? Jedenfalls kam er nicht wieder. Ich fand ihn schwitzend auf einer durchwühlten Kiesbank sitzend. Etwas enttäuscht erklärte er mir: „Ich hätte dir gern eine Handvoll Nuggets mitgebracht, aber hier muss jemand gründliche Arbeit geleistet haben."

Zwei Tage später erreichten wir die Einmündung des Pelly River. Wieder tat sich ein großes Delta mit vielen Inseln und Verzweigungen auf. Links am Steilufer liegt Fort Selkirk, ein alter, verlassener Handelsposten. Einige alte Bauten wie Schule, Kirche, Handelsposten sind erneuert und ein Museum eingerichtet worden. Über alles wacht ein von der kanadischen Regierung eingesetztes indianisches Ehepaar. Die Strömung war hier in der Außenkurve ausgesprochen stark. Oben am Ufer stand die Indianerin mit einer auffälligen Bärenspraydose am Gürtel und beobachtete unsere Anlandung, die zu unserer Schande erst beim dritten Anlauf klappen sollte. Bevor der Vordermann das Ufer fassen konnte, wurde das Boot wieder herumgerissen. Schmunzelnd, mit der Frage; „Probleme gehabt?", begrüßte sie uns. Ihr Mann war gerade in der Fischräucherei beschäftigt, und so führte sie uns freudig durch das Dorf. Alles war sauber und mit Akribie hergerichtet. In der Schule hätte man noch Unterricht abhalten können, und in der Kirche sah es aus, als ob der Pastor gerade den Gottesdienst beendet hätte. Im kleinen Museum befanden sich Gebrauchsgegenstände und Waffen der Indianer. Klein waren die Flitzebogen und zerbrechlich die Pfeile. Es mussten schon ganze Kerle gewesen sein, die hiermit jagten, um einen Bären zu erlegen. Todesmutig und unter Einsatz ihres Lebens mussten sie Nahrung und Felle besorgen. Was sind das heute für „Jäger", die mit Spezialmunition aus sicherer Entfernung Tiere aus Freude am Töten umbringen und sich als Helden feiern lassen? Dann trugen wir uns ins Gästebuch mit dem obligatorischen Gruß an den Rest der Welt ein. Es war die erste Eintragung in diesem Jahr.

„Der Grizzly ist wieder da, der Grizzly ist wieder da!", schrie die Indianerin, als wir wieder ins Freie traten und war augenblicklich samt Sprayflasche verschwunden. Wir blickten zum Waldrand hinüber und dort stand er, nicht weiter als 50 Meter entfernt. So richtig wollte ich die märchenhaften Erzählungen von diesen Bären nie glauben, aber nun sahen wir es mit eigenen Augen. Mannshoch war er, und aufgerichtet hätte er alle

Erzählungen und Phantasien übertroffen. Nein, kein niedlicher Bär, auch nicht gerade schön, aber von ungeheuerlicher Kraft und Größe. Vielleicht kommt er noch näher, dachten wir im Stillen. Die Neugierde ließ Angst und jegliche Vorsicht vergessen. Er witterte zu uns herüber und zog den Qualm der Räucherei durch die Nase, aber auch er ging den Menschen aus dem Wege und langsam zum Wald zurück.

Plötzlich war auch unsere Indianerin wieder da und wir fragten: „Probleme gehabt?", da lächelte sie wieder vielsagend.

Eine ca. 150 m hohe Steilwand aus dunklem Basalt begleitete uns jetzt am rechten Flussufer. Ein norwegischer Fjord hätte nicht schöner sein können. Überhaupt wechseln die Ufer ständig ihre Form. Mal unterspülte lehmige Wände, mal dünenartige Sandberge, mal sanfte, bewaldete Hügel und dann steile, schroffe Felswände, an denen man dicht im Eiltempo vorbeigleitet und an deren Felsen sich Fichten mit langen Wurzelausläufern festhalten und mit unmöglichen Windungen den Himmel entgegenwachsen. Aus den angeklebten Schwalbennestern blicken die Jungen über den Rand und die Alten vollführen aus purer Lebensfreude die tollsten Flugkunststücke.

Dann macht der White River, von links kommend, mit seinem milchig trüben Gletscherwasser auf sich aufmerksam. Es dauert einige Kilometer, bis sich die Ströme vermischt haben, und man kann es sich aussuchen, ob man im weißen oder im braunen Wasser zunächst weiterfahren will. Das Hinweisschild: „Halte dich rechts – bei uns gibt's Pfanenkuchen!" – war nicht zu übersehen.

Einige „Aussteigerfamilien" versuchen in kleinen verlassenen Bergwerkssiedlungen als Farmer Fuß zu fassen. Die leerstehenden Hütten stehen jedermann zur Verfügung und werden nur zeitweilig von Jägern oder Fallenstellern benutzt, sind aber meistens vom Fluss aus nicht zu sehen. Hier aber flatterte Schwarz-Rot-Gold im Wind, dahinter ein Blockhaus mit gepflegtem Rasen. Kein Mensch war zu sehen, und schon waren wir vorbei. Tipps von Insidern sind gut, aber eben auch manchmal überholt. Der Laden, der uns genannt wurde und sich auf einer großen Insel beim Zufluss des Stewart River befinden und Flussfahrer, Siedler und Holzfäller versorgen sollte, war geschlossen. Die Tür vernagelt, die beiden Schaufenster an den Seiten ausgeräumt, die Aufschrift war kaum noch zu lesen. Ein richtiger Tante-Emma-Laden, mitten in der Wildnis, und wir davor mit leerem Verpflegungssack. Wie aus einem Munde sagten wir dasselbe: „Da werden wir wohl viel angeln müssen."

Eine gute Gelegenheit hierfür sollte sich bereits etwa 15 km flussabwärts, bei der Einmündung des Sixty Mile River ergeben. Die Anstrengung lohnt sich, etwas flussauf zu fahren. Überall befinden sich romantische Lagerplätze und die Fische warten darauf, gefangen zu werden. An den Bächen und im Mittellauf befinden sich noch heute intensiv genutzte Goldfelder. Unser Abendbrot bestand somit aus Fisch und einer eisernen Ration: eine Scheibe Brot und eine Scheibe Käse.

Wieder 15 km flußab mündet von rechts kommend, der Indian River in den Yukon. Hier schürfte seinerzeit Digger Henderson, und die kleinen Funde hielten ihn davon ab, den Klondike aufzusuchen. Den Tipp gab er Carmack, Jim Skookum und Charlie Tagish, die dann reich wurden, wie überall nachzulesen ist, aber richtig glücklich nicht, – wie das mit dem Reichtum ebenso ist.

Dawson war nun nicht mehr weit. Frühzeitig nahmen wir Quartier am Ende einer spitzzulaufenden Insel. Idyllisch gelegen war der Lagerplatz und bewachsen mit grünem Schachtelhalm und frischen Weidenzweigen. Die Elchspuren störten uns nicht, denn die werden uns schon in Ruhe lassen, so dachten wir. Vom trüben Yukonwasser umgeben war Angeln aussichtslos. Auch die Schleppangel am Tage brachte kein Ergebnis, obwohl die letzten Blinker verloren gingen. Somit wieder eiserne Ration und erste Vorbereitungen für den Abschluss dieser Tour.

Nach gründlicher Wäsche und eingehendem Kartenstudium: Nachtruhe. Dann gegen 3 Uhr morgens lautes Geplätscher und Gegrunze im Fluss. Mit dem Zuruf; „Pass auf", wurde ich endgültig geweckt. Ein mächtiger Elch wollte gerade aus dem Wasser steigen. „Der will wohl unbedingt in dein Zelt", rief ich zurück. Er hob und senkte den Kopf und konnte es nicht verstehen, dass sein Weg zum Frühstück verstellt war. Das Blitzlicht vom Fotoapparat ließ ihn zurückweichen, aber nach zehn Minuten war er wieder da.

Das gleiche Theater, er grunzte böse, schaukelte sein mächtiges Haupt, und in seinen Schädel ging es wohl nicht hinein, dass er heute einen etwas anderen Weg einschlagen musste. Die Situation wurde brenzlig, wir griffen zum Paddel und liefen ihm mit Geschrei entgegen. Etwas verlegen wurde er, glotzte dumm, senkte den Kopf und ging langsam rückwärts. Eine ganze Stunde lang stand er am anderen Ufer, bis er es endlich kapiert hatte und sich einen anderen Frühstückstisch suchte.

Mit etwas Wehmut ließen wir uns die letzten Kilometer treiben, besuchten den geschundenen Klondike, dessen Flussbett und Ufer mehrfach mit großen Maschinen umgedreht wurde und jetzt aussieht wie eine Mondlandschaft. Umweltzerstörung in perfekter Vollendung. Lange wird es dauern, bis der Klondike sein Bett wieder in Ordnung gebracht haben wird.

Ein Deich verhindert die Sicht auf Dawson, und man muss aufpassen, einen geeigneten Abbauplatz zu finden. Schnell ist man vorbeigefahren. Unser damaliger Ausgangspunkt für die große Yukonfahrt, Dawson, war nicht wieder zu erkennen.

Damals ruhig und friedlich, heute voll gestopft mit Touristen aus aller Herren Länder. Eine lange Reihe von Wohnmobilen stand vor der kleinen Fähre. Auffallend viele Jugendliche, verschmutzt, mit Rucksäcken, lagerten dazwischen und warteten auf eine Mitfahrgelegenheit, die hier allerdings nicht leicht zu haben war. Wir bauten unser Kanu auseinander und hatten Mühe, noch ein Hotelzimmer zu bekommen.

Dawson City hatte in der „Glanzzeit" an die 40.000 Einwohner. Heute sind es gerade noch 2.000, die überwiegend vom Tourismus leben. Die Stadt verlor immer mehr an Bedeutung. Bereits 1953 wurde Whitehorse zur Hauptstadt erklärt und alle Verwaltungen dorthin verlegt. Somit versinkt die Siedlung im Herbst in einen achtmonatigen Winterschlaf. Nur ein Hotel bleibt geöffnet, und es herrschen Minustemperaturen von 20 bis über 40 Grad. Wir schlenderten auf Holzgehwegen durch die Stadt. So bleiben die Füße auch bei Regen, der wegen des Permafrostes nur schlecht versickern kann, trocken und sauber. Gut erhaltende Bauten werden gepflegt und vermitteln einen Hauch aus der alten Goldgräberzeit. Altes Gerät und Werkzeug, wie Waschpfannen, Picken, Schaufeln und Seilwinden, mit denen man sich in den engen Schächten hinabließ, um den „Hoffnungen" unten auf der Sohle nachzugraben, sind vor manchen Häusern zu sehen.

Das Denkmal von Jack London war etwas klein geraten, fanden wir, und der Nugget, den wir erwarben, war viel zu teuer. Der versprochene Hotelbus, der uns zum Flughafen bringen sollte, wollte und wollte nicht kommen. Langsam wurden wir

-Kanustation in Dawson ↑-
-Altes Goldgräberutensil ↓-

unruhig, denn die Abflugzeit rückte immer näher. Auf einer Bank vor dem Hotel saßen wir und beobachteten das Treiben in der Straße, genauso, wie es der große Rabe über uns auf der Stromleitung tat.

Diesen schlauen Vögeln entgeht nichts. Hin und wieder krächzte er etwas seinem zwei Meter weiter sitzenden Kollegen zu. Die Türen beim Lieferwagen gegenüber, waren weit geöffnet. Der Fahrer machte es sich auf der Ladefläche gerade bequem und wickelte sein Frühstück aus dem Papier, als er gerufen wurde. Er sprang vom Wagen und verschwand im Haus. Die Raben nutzten ihre Chance. Ohne Hemmungen flogen sie auf den Wagen und machten sich mit dem Brot auf und davon. Der Fahrer suchte lange nach seinem Frühstück, als er wiederkam und nach einer Erklärung. Dann drehte er sich um, stemmte die Fäuste in die Hüften und sah auffallend interessiert zu uns herüber. Der um die Ecke kommende Hotelbus unterbrach den Blickkontakt und rettete uns und die Abflugzeit.

Keine Minute zu früh fuhren wir ab. Bei der Landebahn wurden wir bereits erwartet. Keiner verfiel in Hektik oder Panik, und schon einige Stunden später waren wir wieder in Whitehorse. Genug Zeit hätten wir hier gehabt, Gold in Geld umzutauschen, doch leider – wir brauchten keine Bank zu suchen.

* * *

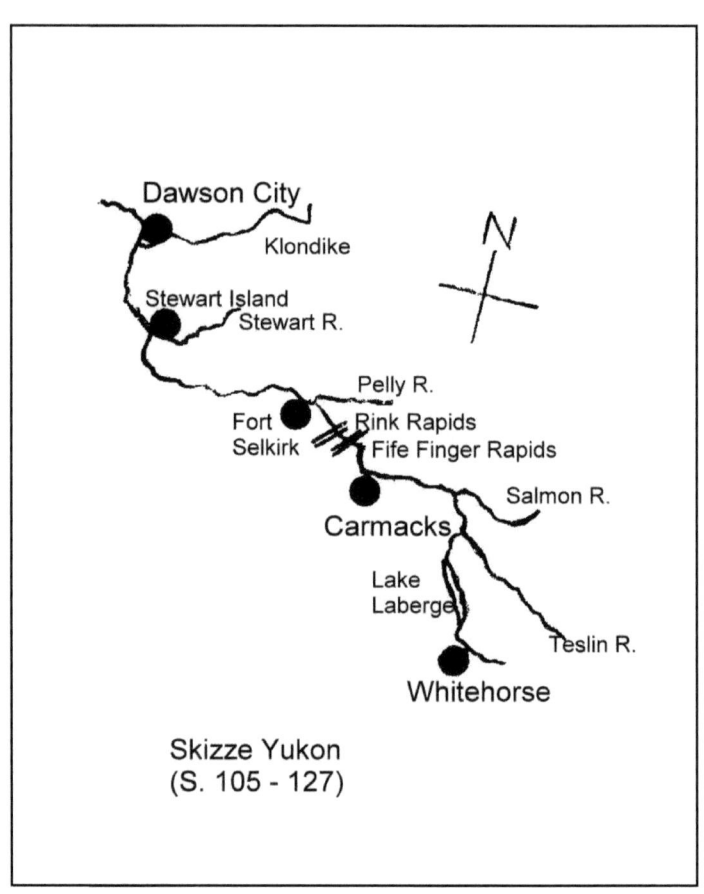

Skizze Yukon
(S. 105 - 127)

Sklaverei auf dem Slave River und dem Great Slave Lake

Eine Tour für 5 bis 6 Wochen zusammenzustellen, macht schon einige Mühe. Es sollen ja neue, unbekannte „Welten" entdeckt werden. Umfangreiches Kartenstudium ist deshalb erforderlich, und Karten im zweckmäßigen Maßstab von 1 zu 250.000 sind schwer erhältlich und teuer, wenn auch nicht immer notwendig. Ein gut erreichbarer Einsetz- und Schlusspunkt muss vorhanden sein, denn Charterflüge sind teuer. Ansonsten könnte man sich ja gleich einer geführten Kanutour anschließen.

Wir wollen aber das Land selbst erkunden und kennen lernen. Gerade hierin liegen das Abenteuer und die Würze.
Unser Ausgangspunkt sollte diesmal in Alberta liegen. Wir studierten das vorhandene Material gründlich und begutachteten die Flussverläufe, die Gebirgszüge, die vorhandenen Siedlungen und Landebahnen sowie die sonstigen Eigenschaften des Landes. Daraufhin verwarfen wir einen Ausgangspunkt beim Athabaska River, Hay River und Peace River. Ausschlaggebend hierfür war, dass im letzten Drittel des Athabaska Rivers viele Portagen verzeichnet waren und hier die größten Ölsandvorkommen der Welt abgebaut werden, der Hay River überwiegend vom Mackenzie Highway begleitet wird, der Peace River z.T. durch Farmland führt und der untere Bereich eine Portage von 8 km Länge aufweist.

Interessant für uns war daher der Slave River, der aber, zwischen Fort Fitzgerald und Fort Smith unüberwindliche Stromschnellen auf einer Länge von 25 km besitzt und somit ebenfalls nicht durchgehend befahrbar ist. Deshalb saßen wir in Fort Smith, am Ufer des Slave River hinter der letzten Stromschnelle. Diese donnerte mit Getöse über die Felsen, und auf den Steinen dazwischen saßen Pelikane, jawohl, Pelikane. Es gibt hier eine der nördlichsten gelegenen Pelikankolonien der Welt.

Wir hatten unsere Tour nach den bisherigen Erfahrungen in zeitliche Etappen eingeteilt und veranschlagten für die ca. 200 km auf dem Slave River 4 Tage, für die Fahrt entlang des westlichen Ufers des Slave Lake 8 Tage. Fort Simpson wollten wir in 6 Tagen erreichen und das Endziel, den Blackwater River, in weiteren 5 Tagen. Gute tausend Kilometer waren somit in 23 Tagen zu erbringen. 8 Tage sollten für Ausflüge rechts oder links oder für schlechtes Wetter in Reserve bleiben. Eine gut ausreichende Zeit – dachten wir.

Das Boot war aufgebaut und bereits von zwei Polizisten begutachtet worden. Jeder hier zeigt Interesse an solchen Vorhaben und drückt seine Bewunderung aus. Denn die Einheimischen bis hin zum Indianer ziehen jetzt doch motorisierte Boote vor.

Mit zwei Packsäcken bewaffnet marschierten wir die steile Uferböschung hinauf, warfen noch mal von oben einen Blick auf die Stromschnellen und hatten bald den Lebensmittelladen erreicht.

Die beiden Indianermädchen an der Kasse staunten nicht schlecht über unseren Einkauf. Auch wie der Proviant für 14 Tage, darunter 12 Dosen Corned Beef und sechs Brote, im Werte von über 200 Dollar in den Packsäcken verschwand, erregte Aufsehen. Es war wirklich keine Kunst auf diesen Betrag zu kommen, denn schon 6 Dosen Bier, die wir uns einmal leisteten, kosteten 14 kanadische Dollar. Die Verkäuferinnen klagten über die hohen Preise und wollten wissen, ob in

Deutschland auch alles so teuer ist. „Ja", antworteten wir, „jedenfalls nach Einführung des Euro".

Sie sahen sich an und lachten. „Euro, was ist das?" In Deutschland zahlt man mit Mark, glaubten sie zu wissen und Auskunft über den Stand der Fußball – Weltmeisterschaft konnten sie auch nicht geben. Auch Fußball war ihnen unbekannt. Noch in der Reisekleidung saßen wir im Kanu, weil wir es nicht erwarten konnten. Probierten die ersten Paddelschläge, prüften die Strömung und waren frohen Mutes.

Hin und wieder flog mit plumpem Flug ein Pelikan über den Fluss. Die Sonne schien bis spät in die Nacht, und es sah überhaupt nicht so aus, als ob die Schönwetterperiode enden wollte. Aber leider schlug kurz nach Beginn unserer Tour das Wetter um. Es ist schon so: Bahnt sich im europäischem Norden ein schlechter Sommer an, ist er auch hier nicht besser.

Ein strammer Nordwest blies uns entgegen und hob den Vorteil der geringen Strömung wieder auf. Gott sei Dank war die Sonne viel zu neugierig, um sich ganz zu verstecken. Das Land ist hier flach, die üblichen begleitenden Bergketten fehlen. Wir befanden uns in einer weitläufigen, völlig menschenleeren, z. T. bewaldeten Niederung mit lang gestreckten, einsamen Flussbögen. Auffällig waren die vielen Weißkopfadler, in jeder Flussbiegung ein Adlerhorst. Und immer wieder konnten wir beobachten, wie sie die Fische aus dem Wasser zogen und Mühe hatten, mit der viel zu schweren Last den Horst zu erreichen.

Ungeniert und ohne Scheu, richtig frech, rutschten die Biber ins Wasser. Nur die Fischotter waren etwas zurückhaltender. Bei der heutigen Errichtung des Nachtlagers griffen uns zwei Seeschwalben regelrecht an. Wollten uns die Mützen vom Kopf reißen, das kannten wir schon, aber diesmal hatten sie

recht. Keine zwanzig Meter vom Zelt entfernt, mit zwei frisch-
gelegten Eiern, war ihr Nest und damit auch der Grund für
ihren Angriff. Nun saßen sie friedlich abseits, schauten uns
zu und wir überlegten, ob wir uns ihre Eier in die Pfanne
hauen sollten oder nicht. Wir taten es nicht, und sie gewöhnten

sich an uns.

Mit Frühstücksspeck und abendlicher „Trappersuppe" hofften
wir, unsere Kräfte erhalten zu können, die von Anfang an voll
eingesetzt werden mussten.

Der ständige steife Nordwest ging einem auf die Nerven.
„Kochender Punkt" war auf der Karte verzeichnet und bald
wussten wir warum. „Ärgerlicher Punkt" hieß der nächste lang
gestreckte Flussbogen, und es ist schon ärgerlich, wenn man
auch nur für fünf Minuten das Paddel aus der Hand legt, sei es,
um zu fotografieren oder sich auszuruhen, und wieder, wie
beim „Mensch ärgere Dich nicht", zum Ausgangspunkt zu-
rückgeschoben wird, und von vorne beginnen muss.

Das Deltagebiet kündigte sich mit aufgeweichten, matschigen
Ufern an. Schwierig war es, einen halbwegs trockenen Lagerplatz zu finden. An den Stiefeln hafteten dicke Erdklumpen,
die immer größer wurden und keineswegs abfielen, sodass

-Im matschigen Delta vom Slave Riverman sich kaum fortbewegen konnte. Auch die Mückenplage wurde wieder unerträglich. Zu Tausenden und Abertausenden saßen sie dichtgedrängt auf der Kleidung als zweite glitzernde Haut. Es dauerte lange, bis sie sich auf dem Fluss und im Wind verloren. Beim Öffnen des Zeltes strömten sie herein, starben im zusammengelegten Zelt ab und beim Wiederaufbau schaufelte man sie bergeweise hinaus.

Dieses Teilstück zu durchfahren war eine wirkliche Sklaverei, und wir fragten uns, ob der Fluss tatsächlich nach den Sklavenindianern benannt worden ist, oder ob dies nicht doch andere Gründe hatte.

Nur wer sich nicht unter Zeitdruck setzen lässt, die weite, flache und einsame Landschaft mit der vielfältigen Vogelwelt liebt, wird an dieser Tour Gefallen finden. Die Mücken allerdings, ja, die muss jeder ertragen. Nach 6 Tagen erreichten wir den Slave Lake. Glutrot stand die aufgehende Sonne am Horizont und lockte uns hinauszufahren, hinaus auf die blanke Wasserfläche.

Langgestreckte Sandbänke, bestückt mit Hunderten von Baumleichen, waren zu umfahren. Immer klarer wurde das Wasser, bis hin zur Trinkwasserqualität. Eine für uns ungewohnte, aber schöne Angelegenheit. Wir umfuhren eine weit in den See ragende Landspitze und sahen in einer lang gestreckten Bucht Fort Resolution liegen. Ein paar bunt durcheinander gewürfelte Häuschen, mehr nicht. Immer wenn wir jemanden fragen wollten, wo Post und Laden zu finden sind, verschwand derjenige schnell im Haus und zog die Tür hinter sich zu. Ein bisschen dumm kamen wir uns vor. Ein solches Verhalten war uns neu. Aber dann hielt doch ein Wagen neben uns und nahm uns zum nächsten, nicht weit entfernten Laden mit. Lei-

- glutrot stand die Sonne am Horizont ↑ -
- Trinkwasser direkt aus dem See ↓ -

der gab es hier nur einige Fleischkonserven, aber wir konnten telefonieren und unsere Postkarten abgeben.

Gleich hinter dem Ort liegt im südlichen Bereich ein kilometerlanger feinsandiger Sandstrand. Das Wasser flach und von der Sonne aufgeheizt, lud zum Baden mit einer gründlichen Wäsche ein. Der einsetzende Wind brachte den Sand, weiß der Himmel, von wo er ihn heranschleppte. Bald hatte man ihn in Nase, Ohren, Augen und im Schlafsack. Noch ahnten wir nichts von seiner Vielseitigkeit. Bewaldet, schön und 30 km lang, im runden Bogen gezogen, war das Ufer die erste Tagesfahrt der neuen Etappe.

Die vorgelagerten Inseln unbewohnt, einsam, bärenfrei und damit sicher und von sauberen Kies- und Sandbänken umgeben. Doch schon am frühen Vormittag kräuselte sich das Wasser. Der Wind kam über den hier 100km breiten See herangeweht und sagte munter guten Tag. Er steigerte sich von Stunde zu Stunde, verwandelte den See in ein Meer von tobenden Wellen, die je nach Fahrtrichtung mal schräg von links oder rechts oder von hinten kommend das Boot unterliefen.

Unangenehm und gefährlich wurde es. Wegen der Felsen und der Brandung konnte man sich nicht eng am Ufer halten und den Windschatten ausnutzen. Jede Bucht musste, so gut es ging, ausgefahren werden, womit sich die Fahrstrecke verdoppelte. Die Landzungen reichten weit in den See und die davor gelagerten Inseln waren mit Kies- und Felsbänken verbunden, sodass man sich beim Umfahren des letzten Hindernisses weit draußen auf dem freien See befand. Nun war man dem Wind und den Wellen voll ausgesetzt und nur mit äußerstem Kraftaufwand konnten die größten Wellenberge ausgesteuert werden.

Als ausgesprochen seetüchtig erwies sich unser Kanu. Das Alugestänge passte sich weitestgehend den Wellen an. Das Boot schlug nicht auf und fasste wenig Wasser. Mit keinem Boot anderer Bauart wäre eine Fahrt unter diesen Bedingungen nach meiner Überzeugung möglich gewesen, wenn auch die Spanten immer öfter verrutschten und das Boot durch lästiges Auseinandernehmen neu gerichtet werden musste.

Der Wind wiederholte nun täglich sein Spiel, und er wird es erst sein lassen, wenn sich die Luft- und Wassertemperaturen etwas angeglichen haben. So lange konnten wir natürlich nicht warten. Der Wind verstärkte seine Wucht, und unsere Kräfte ließen nach. Es war ein ungleicher Kampf, der am ganzen Vormittag ein paar tausend unbedeutende Meter Fahrstrecke, aber eine totale Verausgabung einbrachte. Ausgepumpt gingen wir an Land, überquerten die schmale Landzunge zu Fuß, sahen auf der dem Wind zugeneigten Seite ein Meer schaumbedeckter hoher Wellen bis hin zum Horizont. Die Bäume bogen sich und wurden hin- und hergerissen. Ein starkes Rauschen erfüllte die Luft – unerträglich das Ganze.

Deprimiert und niedergeschlagen waren wir. Abends im Zelt wurde man das Gefühl nicht mehr los, weiter auf den Wellen zu reiten. Das Zelt hob und senkte sich - wir saßen in der Falle. „Ich bin Flussfahrer und kein Seemann", stöhnte mein Sohn, „ich will endlich von diesem See runter." Nun gut, wenn der Wind sich nicht an unsere Spielregeln hält, so müssen wir uns an seine halten. Er ist der Stärkere, beratschlagten wir. Bedingungslos und konsequent müssen wir sein und bei Flaute paddeln und bei Sturm ruhen, egal, ob bei Tag oder Nacht. Ja, so ging es, – im fast regelmäßigem Wechsel von 5 Stunden. Wir schöpften neue Hoffnung.

-Der Great Slave Lake, mal einladend…↑-
…mal abweisend↓-

Heute endlich ab 2 Uhr 30 nachts leichter Südost. Kaum zu glauben, ein Zustand, den wir lange herbeigesehnt hatten. Die Dünung ließ den See in langen ungefährlichen Wellen schwanken. Das Wasser bewegte sich wie eine breiige, dickflüssige Masse. Eine leichte Luftbewegung spürten wir im Rücken. Paddeln, paddeln und nochmals paddeln war die Parole. Die Gunst der Stunde nutzen, solange es möglich ist. Eine Stunde paddeln, fünf Minuten Pause, eine Stunde paddeln, fünf Minuten Pause. Nach 15 Stunden drehte sich der Wind, und wir waren ihm dafür nicht böse.

Eine Standortbestimmung war erforderlich. 70 km hatten wir dem See abgerungen! Mit schmerzenden Gelenken, aber froh gestimmt, aßen wir unser Abendbrot. Die Siedlung Hay River, schon im letzten Drittel des Sees liegend, erreichten wir am nächsten Tag. Der Fluss gleichen Namens brachte in der Einmündung etwas Querströmung. Im Hafen lagen einige große Schiffe. Um Einkäufe erledigen zu können, hätte man den Fluss etwas hinauf paddeln müssen, wofür wir verständlicherweise keine Lust hatten. Am Ufer saßen einige Jugendliche am Lagerfeuer und bereiteten ihr Frühstück. Sie winkten zu uns herüber. Am Sandstrand veranstalteten Indianer mit ihren vierrädrigen Krafträdern jauchzend Wettrennen. Sie zeigten uns, um wie viel schneller sie waren und hatten an Ende des Sandstrandes doch nur das Nachsehen. Durch eine Inselwelt im South Channel presst der Great Slave Lake seine Wasser in den kleineren Bruder, dem Beaver Lake, vor dem wir nun keinen Respekt mehr hatten. Jetzt im Nachhinein fehlten einem sogar manchmal die mächtigen Wellenfahrten, und am Ausgang dieses Sees muss dann die Geburtsstätte des großen Stromes, des Mackenzies, liegen.

Vor der Fähre, die den Mackenzie Highway mit dem Yellowknife Highway verbindet, saßen wir im dichten Nebel am Ufer und warteten auf etwas bessere Sicht. Denn die Fähre machte auch im Nebel keine Pause und schleppte ununterbrochen die dicken Trucks über den Fluss. Auf der Karte waren die Providence Rapids verzeichnet, und wir waren gespannt darauf. 12 km waren sie lang, doch gut befahrbar und eine willkommene Abwechslung nach dieser Anstrengung.

Fast europäisch hier die Landschaft. Am rechten Ufer ein Campingplatz. Die Wohnwagen und Mobile waren am Hang des eingeengten Flusses deutlich zu sehen. Dann erreichten wir Fort Providence. Ein richtiges, von der Hauptstraße abseits liegendes Kaff.

Der Indianer, oben am Ufer sitzend, erklärte uns lang und breit nicht nur, wo die für uns wichtigen Einrichtungen zu finden waren, sondern auch seine Lebensumstände, seine Jagderlebnisse, dass das Land voller Bären stecke, die äußerst gefährlich seien, alles und jeden fressen, dass er spanisch und französisch sprechen könne, wovon natürlich überhaupt nichts stimmte. Diese einsamen Menschen übertreiben stets und wollen ihre Besucher mit ausschweifenden, zusammengereimten Geschichten festhalten. Wir gingen weiter, als es uns zu bunt wurde, und erreichten nach wenigen Schritten bereits einen Laden, wo aber, gegen sonstige Gepflogenheit, im Vorraum kein Telefon installiert war. An der Tankstelle, am anderen Ende des Dorfes befinde sich ein Telefon, versprach der Verkäufer. Wir machten uns auf den Weg. Ungewohnt war bereits das Laufen für uns geworden und ungewohnt die Hitze hier an Land. In den Gummistiefeln bildete sich eine glitschige Masse. Die Füße rutschten in den Stiefeln, und bei jedem Schritt entlud sich eine stinkende Duftwolke. Auf einem Podest stehend hing eine Frau Wäsche auf und sah uns neugierig hinterher.

Das Telefon schluckte ein Menge Geld, gab aber, wie bei diesen Dingern üblich, keinen Ton von sich. Wir trafen den Indianer wieder. „Ich habe ein Telefon und auch einen Fernseher", sagte er, worauf er uns gleich sein Haus zeigte, bestückt mit tausend Fressnäpfen für die Schlittenhunde und voller Krimskrams, na ja, das kannten wir schon. „Es geht aber nicht ohne Telefonkarte", erklärte er, „und die bekommt ihr im Laden, am anderen Ende des Dorfes". Wir besorgten uns eine Telefonkarte und die Frau auf dem Podest zog auffallend langsam, uns nicht aus den Augen lassend, ein weiteres Wäschestück über die Leine. Dann suchten wir wieder das Haus des Indianers auf, welches jetzt aber verschlossen war und vom Indianer keine Spur.

Wir gingen zur Poststelle zurück, der Schalter befand sich hinten im Laden. Der Mann saß vor einem Telefon. Ich hätte es ihm am liebsten mit Gewalt weggenommen. Nein, sagte er, telefonieren könne man hier nicht, da halfen auch alle Erklärungen nichts, dass es sich um ein R-Gespräch handele, wobei dem Anrufer keine Kosten entstehen. Er aber schüttelte nur den Kopf, so was hatte er noch nie gehört. Doch am anderen Ende des Dorfes sei ein Hotel und dort könne man telefonieren. Die Frau auf dem Podest beschäftigte sich umständlich mit einer Hose und hatte alles nach wie vor voll im Blick.

Ein altes Indianerehepaar kam uns entgegen, das mir schon im Laden aufgefallen war, als es eine kleine Dose Bohnen kaufte. Sie gingen gebeugt, Hand in Hand. Welche Gedanken gehen einem da durch den Kopf. Sicherlich hatten sie ein entbehrungsreiches, aber liebevolles Leben hinter sich. Ein Foto des Jahres wäre es geworden, aber ich bekam es nicht fertig, die Kamera hochzureißen, nein, nicht bei den beiden. Ich ärgerte mich, nicht gegrüßt zu haben.

Wir betraten das Hotel. Nach einiger Zeit erschien eine Frau an der Rezeption. Aus meinen Stiefeln stieg langsam und unvermeidbar ein Duft herauf, der Moskitos zum Absterben gebracht hätte. Die Frau rümpfte die Nase. Eine Erklärung war fällig.

„Wir kommen vom Fluss und sind auf einem Kanutrip", sagten wir entschuldigend, und sie erklärte süßsauer, dass sie das Gespräch beim Operator anmelden werde. Nun war es zu Hause bereits Mitternacht, doch dann klappte endlich die Verbindung. Auf windschiefen Stühlen, eine Stunde lang, saßen wir, und als der einzige Gast des Hotels, uns zunickend, zum sechsten Mal vorbeilief, teilte endlich der Operator die Gebühren mit. Schnell gingen wir zum Kanu. Ich zog die Stiefel aus und hielt die Füße ins Wasser, bis sie klamm wurden.

* * *

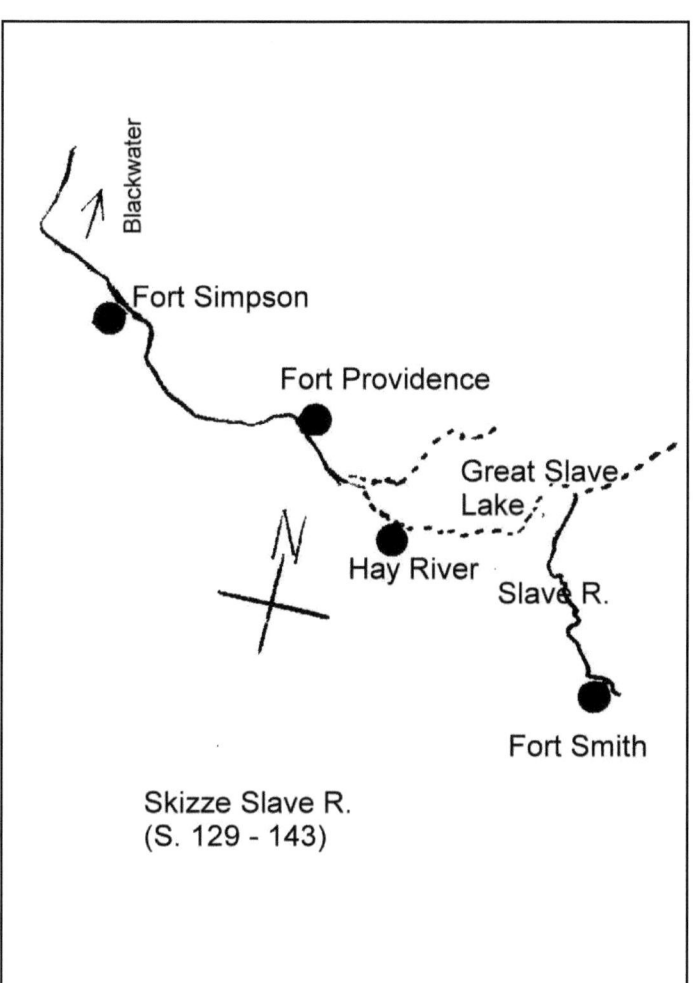

Blackwater

Fort Simpson

Fort Providence

Great Slave Lake

N

Hay River

Slave R.

Fort Smith

Skizze Slave R.
(S. 129 - 143)

Eine schnelle Fahrt auf dem Mackenzie bis zum Blackwater

Der anfängliche Schwung nach der Stromschnelle verflog langsam, aber wir befanden uns wieder auf einem Fluss, und das beruhigte ungemein. Der kleine Mills Lake störte da nicht weiter. Die sanften Höhenzüge beendeten die Mückenplage.

Beide Uferbereiche konnten nun wieder eingesehen und der Himmel auf Veränderungen hin beobachtet werden. Mit ruhigen und gleichmäßigen Paddelschlägen wurde das Boot vorangetrieben. Was war das? Wir wollten es nicht glauben, nein, das kann nicht sein, ein Jodler hallte herüber.

Es muss wieder irgendeine bekloppte Gans gewesen sein oder irgendein anderer Wasservogel, überlegten wir.

„Aber ich habe es doch deutlich gehört". Doch was nicht sein kann, kann nicht sein. Mit dem Fernglas wurde das Ufer abgesucht, aber kein Mensch, kein Blockhaus, nichts war zu sehen. Wir lauschten angestrengt in die Ferne, und dann wieder und jetzt deutlicher: „holladiho" – doch, zweifelsfrei, – ein Jodler!

Es dauerte noch eine ganze Weile bis wir den Jean-Marie-Zufluss erreichten. Auf der vorgelagerten Insel ein paar Cabins (Holzhäuschen) und ganz hinten im Fluss ein blinkendes Paddel. Sicherlich ein Bayer, nahmen wir an, der hier Urlaub macht, sich sein Frühstück angeln will und vor lauter Lebensfreude in den beginnenden Tag hineinjodelt. Doch unsere Annahme stimmte nicht ganz, wie es sich bald herausstellen sollte.

Wir machten einen Tag Pause. Eine schöne Bucht mit klarem Zufluss hatten wir uns ausgesucht. Die Wäsche und andere

Gegenstände waren gerade zum Trocknen ausgebreitet, der Verpflegungssack zur Überprüfung ausgekippt, da hielt das komische Gefährt namens „Lahme Ente" auf uns zu. Eine richtige runde, überdachte Badewanne mit einer viel zu großen kanadischen Flagge. Zwei ältere, gerade pensionierte Herren aus Hay River, die nach der uns bereits bekannten Stadt Inuvik wollten, hatten uns entdeckt.

Fröhlich sprangen sie an Land und begrüßten uns. Sie hatten überhaupt keine Eile. Wir tranken Kaffee und unterhielten uns über Gott und die Welt, über die Eigenarten der Kanadier, der Amerikaner und der Deutschen, die den Fluss im Sommer hier beherrschen, über Wirtschaft und Politik und über die doofen Regierungen. Stets kamen wir überein und nutzten die Gelegenheit an Walter Willkomm, unseren Freund, Grüße zu bestellen. Sie erzählten von einer Paddlerin, einer Deutschkanadierin, die im Einerkajak und mit einem Alphorn unterwegs war, womit sie dumpfe Töne von sich gab und zwischendurch jodelte. Sie beschwerte sich bei ihnen, dass zwei Paddler von ihr keine Notiz genommen hätten. Damit waren wohl wir gemeint. Also hatte sie uns auch gesehen. „Wohl ein bisschen übergeschnappt", sagten wir, und sie antworteten lachend: „Nicht nur ein bisschen!"

Respekt hatten sie vor den Sans Saults Rapids, und wir teilten ihnen unsere gemachten Erfahrungen mit und waren stolz darauf, Kanadiern solche Auskünfte geben zu können. Sie interessierten sich einfach für alles. Für Boot, Schlafsäcke und Zelte und für das technische Gerät wie Fernglas, Kamera und GPS ganz besonders und probierten neugierig vom mitgebrachten Dosenschwarzbrot. Im Gegenzug wurde ihr Boot inspiziert und jede Kleinigkeit erklärt, praktische Hinweise gegeben, und immer wieder kann man etwas dazulernen. Beim leicht verschmutzten Kocher merkten wir, dass auch hier eine Frau fehlte, aber sie lachten nur und freuten sich diebisch darüber, dass ihre Frauen nun allein zu Hause saßen.

Sie hatten fast die gleichen Probleme wie wir und auch das Leid mit den Gummistiefeln. Dann wurden Schätze, eiserne Reserven für Notfälle, wie harte Kekse, Bonbons und Schokolade getauscht. Erst am späten Nachmittag verabschiedeten sie sich mit Aufwiedersehen und wir sagten „Bye, gute Fahrt und alles Gute".

Schnell ging jetzt der Mackenzie und wir betrachteten, das Boot in der Mitte haltend, versunken die vorbeiziehende Landschaft und schenkten dem dunklen, kleinen Wolkenstreifen am Horizont keine sonderliche Beachtung. Dann flogen die ersten Wolkenfetzen über uns hinweg. Schlagartig änderte sich das Wetter. Der Greifvogel am Ufer flog gegen den Wind und war nicht schneller als wir. Erschöpft erreichte er einen Baum. „Dahin", schrie ich, „genau dahin". Es war keine Sekunde zu früh. Ein Sturm, von bisher nicht erlebter Gewalt schoss über uns hinweg und maß seine Kräfte mit dem Fluss. Dieser bäumte sich auf, wollte seinen Weg fortsetzen und wurde doch zurückgetrieben. Schaumbedeckte, meterhohe Pyramiden entstanden und fielen wieder in sich zusammen. Riesige, sich gegenseitig verschlingende tiefe Trichter jagten über den Fluss. Alles brodelte und kochte. Der Fluss, irritiert, wollte sein Bett verlassen. 24 Stunden hatten wir Zeit, diesem Schauspiel zuzusehen und 24 Stunden hatte der Sturm Zeit, unsere Zelte platt und den Regen durch die Nähte zu drücken. Unschuldig der nächste Morgen. Die aufgehende Sonne vertrieb schnell die vom Sturm mitgebrachte Kälte und taute schnell das Eis auf den Zelten.

Die Vögel sangen etwas lauter als gewöhnlich. Nur das Summen der Mücken war wie immer. Nachts hatte ein Bär seine Neugier gestillt. Es muss ein junger Bär gewesen sein, der alles untersucht hatte, was die relativ kleinen Abdrücke aussagten. Ich hatte an diesen drolligen, stets auf Abstand bedachten Tieren einen Narren gefressen und hätte sie am liebsten mit ins Zelt genommen. Mit etwas Misstrauen betrachteten wir den Himmel als wir ins Boot stiegen. Auf der Hut würden wir sein – ganz sicher.

Um Fort Simpson zu erreichen, mussten wir praktisch den Liard überqueren, der hier in den Mackenzie mündet. Aber dann ging es besser, als wir dachten, und schon am Vormittag landeten wir an. Fort Simpson hatten wir in guter Erinnerung. Doch unser Laden mit dem Sauerkraut war nicht mehr vorhanden und im jetzigen herrschte dichtes Gedränge. Im Vorraum ein Mädchen, umringt von einigen Jungs mit freiem, von Mückenstichen übersätem Bauch. Ein mit dicken Nieten besetzter Gürtel hielt ihre Hose, die jeden Augenblick über die Hüfte zu rutschen drohte. Die Turnschuhe offen, die Hosenbeine ausgefranst bis auf dem Boden. Sicherlich die Dorfschönheit hier. Ein Mann an der Kasse packte seine Waren ein. Seine kurze Turnhose bedeckte geradeso den Lendenbereich und sein T--Shirt dafür nicht den weit hervorragenden Bauch. Der an allen möglichen Stellen gepiercte Verkäufer zeigte dem staunenden Publikum eine kleine Plastikschale mit Kirschen. Ein fettleibiger Indianer quetschte sich mühevoll durch den Eingang. Die neben mir stehende Touristin, eine gepflegte Frau mittleren Alters, beobachtete ebenfalls die Szenerie. Ich brauchte sie nicht anzusprechen, aus ihrem Gesicht waren deutlich die Gedanken abzulesen. Beim Likör- Shop nebenan lagen zum Kontrast, einige dünne hohlwangige Indianer im Schatten und warteten auf die Öffnung des Ladens.

Wir gingen zum Kanu zurück, vorbei an der Dr. Simpson-Schule, die den Namen des Gründers dieser Siedlung trägt. Die uns entgegenkommenden Polizisten grüßten freundlich, und wir grüßten freundlich zurück. Es kann nur gut sein, eine deutliche Spur zu hinterlassen, dachte ich. Dieser aufmerksamen Polizei entgeht nichts. Sicherlich haben sie schon unser Kanu entdeckt und uns zugeordnet, wobei mir meine Unterhose einfiel, die wie eine Fahne zum Trocknen am Bug hing. Der am Wasserflugzeug hantierende Pilot wollte für einen Rundflug über den Nahinni Nationalpark ein unverschämtes Entgelt haben. Da hieß es handeln, und nach einem kurzen Flug, konnten wir dann doch noch einen Blick auf die Virginia Falls werfen.

-Steile Felswände, dunkle Täler-

Auf einer mückenfreien Sandbank, am Fuße eines mächtigen Felsmassivs, errichteten wir unser nächstes Lager.

Ruhige Paddeltage schlossen sich an. Nun wurden wir entschädigt für Mühe und Plackerei. Wir fuhren vorbei an den mächtigen Felskulissen der Camsel und Mountain Range, bewunderten die steilen Felswände, die bewaldeten Täler und den sich darüber tiefblau wölbenden Himmel. Wir zelteten in den Mündungen größerer und kleinerer Zuflüsse. Wir genossen das klare Wasser und das Gefühl, allein auf der Welt zu sein. Müde und behaglich lag man abends im Zelt und sah hinaus auf den Fluss, der munter dahinfloss. Aus dem Plätschern der Wellen vernahm man deutliche Stimmen. Tausend Geschichten hatte er zu erzählen.

Ein Rabe krächzte müde – sein Partner antwortete in der Ferne. Links und rechts vom Zelt raschelte es, mal leiser und mal lauter werdend. Vom Zeltdach pickte ein Vogel Insekten. Aus dem Nachbarzelt drangen ruhige Atemzüge. Nachtruhe stellte sich ein, nur Biber und Otter waren immer unterwegs. Das Tagebuch musste noch geführt und ein Tag im Kalender abgestrichen werden. Nein, heute nicht mehr, morgen, bloß nicht vergessen, sonst kommt man durcheinander.

Dann war er da, der Blackwater, der Endpunkt unserer Tour. Mächtige Geröllfelder hatte er in den Mackenzie geschoben und ihn regelrecht eingeschnürt. Stark war er und schnell fließend. Ein Hinaufpaddeln somit leider unmöglich.

Wir sicherten das Boot und gingen neugierig flussaufwärts. Gut zu begehen waren seine Ufer und sein Bett traumhaft schön gelegen in einer bewaldeten, sanft hügeligen, mit würziger Luft erfüllten Landschaft. Und dort fanden wir die Stelle,

die Ruhe und Zufriedenheit ausstrahlt, den Ort, an dem man
verweilen, leben und sterben möchte.
Lange und tief beeindruckt saßen wir hier und lauschten in die
stille, unendliche Weite.

* * *

Nachwort

Ein bisschen verrückt das alles, werden Sie sagen? Ja, sicherlich und bestimmt nicht jedermanns Sache. Aber wer solche Träume hat, der sollte sie sich wenigstens einmal im Leben erfüllen und zwar bald, denn jünger wird man nicht, billiger wird es auch nicht mehr und wer weiß, ob so etwas in Zukunft überhaupt noch möglich sein wird.

Wir jedenfalls wollten ergründen, ob man in der Wildnis, auf sich allein gestellt, wirklich das Gefühl los wird, etwas zu versäumen von den wichtigen Dingen hier bei uns, und wissen nun Bescheid!

Wir haben wieder gelernt, unsere Kräfte über den ganzen Tag zu verteilen und wurden mit einem bleiernen Schlaf belohnt. Wir gingen nicht am Leben vorbei, sondern waren mittendrin. Lernten eine andere Welt mit anderen Werten kennen. Jeder Tag war spannend, aufregend und anders als der andere.

Schnell war politisches Gezänk vergessen. Die täglichen Hiobsbotschaften von Mord, Korruption und Milliardenlöchern, die ein nimmersatter Staat verursacht, egal wie viel Steuern er einnimmt, unwichtig. Wichtig waren hier die Menschen, die aus eigener Kraft, ohne Bevormundung, ihr Leben meistern, und zwar gut meistern, und die Natur, in der man aufgehen und frei leben kann.

* * *